許願

衛斯理著

自序

原振俠故事「無間地獄」，整個故事只有三個場景。這個故事更少——只有一個場景。可是人物眾多，故事的發展，也就不受場景的影響，而熱鬧無比。

在故事之中，能忽而上天，忽而入地，固然很有趣，但在一個小小的空間中，也一樣可以有驚心動魄的情節。

對了，若是你要許願，你會許一個甚麼願呢？

倪匡

一九九二・五・二十三・
十九時正

目錄

（一）人事變遷從頭說

許願，是人類行為之一，人類的行為極多，不可勝數，有許多種，其他生物不會做，只有人類才會，許願，就是其中之一。從沒聽說過鴨子或蜥蜴會許願的。

用「許願」這兩個字來記述一個故事，也是衞斯理故事的一貫作風。類似的有「報應」、「毒誓」、「廢墟」等等。

要完成許願這個行為，步驟很是複雜，變化萬端，無法一一例舉，但有一些基本因素，卻是亘久不變的。首先，必然要有一個人，有了一個或一個以上的願望，想願望實現，而就形成了許願行為的動機。

許願行為還要有一個憑藉，這個憑藉，使許願者相信它有力量可以使願望實現。

所以，一直在人類心目之中，具有超自然力量的諸天神佛，就成了許願者

的最佳憑藉。在神、佛、仙，或代表了神佛仙的一些物體，如在一塊大石，一棵老樹，甚至是一口井等等之前，許了願之後，自然最理想的結果，是願望得到實現。

在願望實現之後，許願者如果深信那是憑藉的神奇力量所造成的結果，那麼還有一個很重要的行動，叫作「還願」——許願者必須實現他在許願時所作出的承諾，以作酬謝。

還願這個行為，很能表現出人性——一般來說，許願的時候所作的承諾，是在有所求的情形下說的。所求的得到了之後，人性中的過橋抽板就會起作用，「重裝佛身」、「增添香油」、「加重供奉」這種承諾，還有可能實現。「來生為牛為馬以報」之類的承諾，只怕十之八九會拋在腦後了。

忽發奇想，若是種種超自然力量，都忽然要認真追究起許願時的承諾來，不知會是一種甚麼光景？

也有一種許願的方式，是可以不需要有還願行為的——中外古今，都有這

樣的說法：當你看到流星劃天而過，墮落向地球時，急急許一個願，這個願就有實現的可能。願望實現之後，流星早已不知去向，想向它還願也不可能了。

從流星和人的願望實現有關而聯想開去，可以發現，可供想像的幅度極大。

不知道別人想到了甚麼，我首先想到的是，人類有這樣廣泛和古老的傳說，必然是流星真有這種力量存在，或在偶然的情形下，為人所知道，所以久而久之，就形成了傳說。

而流星，在夜空中很容易見到的那一閃光亮，就是一顆星體的殞滅。這顆星，曾是宇宙之中，億億萬萬星體之一，更就是以地球人的觀點來說，那是外星。

流星如果有這種令人願望實現的力量，那麼，就是一種外星力量了。

在我的許多記述中，「外星力量」這個詞，出現過千百次——它並不是那麼虛幻和不可捉摸，而是頗為具體的。

或者問：流星被人見到的時候，正處於死亡前的一剎那，在那種情形下，還會有力量發揮嗎？

很難說，在很多情形下，瀕臨消滅，接近死亡之時所發出的力量，往往遠比平時強大。流星在死亡之前，或許就有強大的力量發出來，和人的腦部活動所產生的能量，有了奇妙的一閃間的接觸，從而使許願者的願望，得以實現。

當然，這一切全是想像——幻想故事，當然一切全建立在想像之上。

之所以引發了那些想像，除了我一向都有在敘述故事之前，愛和讀友閒談一番的習慣之外，也因為這個故事的名字就叫「許願」之故——熟悉了我最近整理出來的經歷的朋友，一定可以知道，這個故事，一定和那面從陰間來的許願寶鏡有關的了。

（那東西另有一個正式的名稱，可是讀起來很拗口，所以不如稱它為許願寶鏡，容易明白。）

雖然已在好幾個故事，起了重大的作用，但是所有參與經歷的人，對於許

願寶鏡這神奇的東西，還是所知極少，而所有的人，又都想把它的真面目弄清楚，所以就有了一次討論。

參加這次討論的人，有白老大、紅綾、溫寶裕、祖天開、曹金福，當然有我和白素，還有在一開始就接觸這許願寶鏡的那一位鼎鼎大名的私家偵探小郭。

這些人，是如何會聚在一起的，有的在前面的幾個故事中已交待過，有的沒有。

已交待過的，當然很明白，像曹金福，他是在敲門時竟然一拳敲穿了我家的大門後進來的。就是上一個故事「陰魂不散」結束時的情節。

而溫寶裕是何時與藍絲一起離開了陶啟泉的那個小島回來的，就沒有交待過，那會在後面補敘——事情千頭萬緒，牽涉得太多了，總要一件件整理清楚。

而祖天開就顯得更老了，他早已超過了一百歲，又變得很瘦，體型高大的大，看起來就完全像是一個活動的骨架子，很是駭人。

從第一次聽到「許願寶鏡」到現在，過去了好多年，人事上的變化自然也極大。變化最大的是一開始就參與其事的陳長青，他跟着一羣僧人上山學道，去參透生死的奧秘，至今下落不明。

而紅綾，我們的女兒，不但在苗疆找回來，而且，還有了許多奇遇，變成了人類知識領域中的「超人」。

曹金福也有了不少他的經歷，有一些事，是和原振俠醫生一起經歷過的，幾年下來，他看起來更壯健，但是也變得成熟了。

對了，這個故事既然是緊接着「陰魂不散」的，那麼，一開始，讓它銜接上一個故事的結尾部分，也就很名正言順。

上一個故事，寫到住所的門忽然破裂，接着，一隻大拳頭自洞中伸進來又縮回去，紅綾過去打開門，看到一個高大之極的壯漢，站在門口。

紅綾望着來人，來人也望着紅綾，兩人都瞧着對方發怔，我和白素在樓梯上看到這種情景，都大是高興，發出了大笑聲。

我們由衷大笑，自然大有理由——剛才，我們還在感嘆，以紅綾的情形，只怕沒有甚麼男青年敢和她發生感情。正在感嘆，曹金福就出現了！

雖然他們日後會怎樣，誰也不能料，但作為父母，看了也高興：至少證明世上有可以和我們女兒匹配的男孩子！

曹金福立刻就發現紅綾是女孩子，也感到這樣凝望一個陌生女孩子是不禮貌的事。所以他收回了視線，很是發窘地看着一下子搗破了大門的那隻拳頭，再抬起頭來，就看到了我和白素。

一看到了我們，他就高興起來，大聲叫：「衞叔！衞嬸！金福來了！」

一直在目不轉睛打量他的紅綾這才冒冒失失問了一句：「大個子，你叫金福？」

曹金福咧着嘴：「是，小姓曹，你是——」

紅綾指着已走下來的我和白素：「這是我爸爸媽媽，我叫紅綾。」

曹金福雙手抱拳，向她拱了拱手，他是真正的「老式人」，自小跟一位武

林名宿，雷動九天雷九天學武，生活方式全是古代的，中國農村的。在向紅綾拱了手之後，向前大踏步跨出了兩步，身子一曲，就要向我們行叩頭禮。

我連忙雙手向前，扶住了他，同時責他：「何至於要行這樣的大禮！」

曹金福說得誠懇：「要不是衛叔和衛嬸，我怎能找到大恩人祖老爺子？我對姐姐說了，她也說一定要來叩謝兩位的。」

說着，他身子一退，不等我再攔，竟已然跪下，咚咚咚連叩了三個頭。也不起立，跪着轉向白素，又要叩頭，白素雙手亂搖，連聲道：「快起來，我受不起！」

曹金福顯然不肯聽，而就在這時，樓上忽然傳來一聲暴喝：「起來！」

這一下暴喝，蒼勁響亮，當真如同半天之上，響起了一下春雷。曹金福抬頭看去，只見一條人影，飛撲而下，來勢快絕，一下子就落到了白素和曹金福之間，白髮銀髯，飛揚聳動，不是白老大是誰？

白老大來得快，動作更快，足才站地，已然雙手齊出，一下子就插進了曹

金福的雙脅之下，向上便抬。

白老大的身形也算是高大的了，可是怎麼也不能和曹金福比。但曹金福跪着，當然比白老大矮，所以白老大一抬，就把曹金福架了起來。

但是曹金福個子高，白老大除非舉高雙手，才能把他整個人抬直。當然白老大可以舉高雙手，可是這一來，胸口門戶大開，絕無防衛能力，犯了武術的大忌，他是畢生浸淫在武術中的人，自然而然不會那麼做。

所以一時之間，曹金福雖然被白老大抬了起來，可是姿態很是怪異，看來像是一個在耍賴的孩子，偏要賴在地上，不肯起身一樣。

偏偏他的身形又如此高大，所以看起來，滑稽之至。

紅綾在一旁，首先拍着手笑了起來：「有趣！有趣！」

白老大一下子未能把曹金福抬起來，而且立時覺出雙手的分量在迅速加重，大有抬不動之勢，他也不禁吃驚，知道若不快些結束這場面，自己只怕要老臉不保！

所以他立時喝道：「別動不動向人下跪，倒叫小女孩取笑！」

曹金福臉上一紅，立時一挺身，站直了身子，大聲道：「老爺子好大的氣力！」

他並不認識白老大，而白老大一現身就向他出手，他竟然一點也不以為意，由衷地讚白老大氣力大。這份豁達的胸襟，就很得人喜愛，白老大一聽，更是高興，呵呵大笑：「你就是雷九天的小徒弟吧！唉，他比我福氣好，有這樣的好徒弟！」

這是對曹金福的最高稱讚了，曹金福漲紅了臉，一時之間，不知説甚麼才好，過了好一會，才笨口笨舌地問：「老爺子怎麼稱呼？」

紅綾叫：「老爺子是我媽媽的爸爸！」

曹金福怔了一怔，才算是明白了白老大的身分，他居然又講了幾句極得體的話：「啊，原來是白老爺子。師父常説，武功上他和白老爺子誰高誰下，沒能較量，難説得很。可是在文才上，白老爺子學問大得驚人，他這一輩子是再

也及不上的了！」

一番話，聽得白老大樂不可支——好話人人愛聽。曹金福卻忽然又感傷起來：「你們真好，一家人，媽媽，爸爸，還有媽媽的爸爸……我甚麼也沒有，只有身上的血海深仇，不知何日得報！」

各人都聽我講過曹金福那「血海深仇」的事，雖然實在很滑稽，但當年的事，確然又悲慘又神秘，我們也是才弄清楚了一些來龍去脈，曹金福就出現了。看着他那種咬牙切齒的樣子，白素先道：「人沒有十全十美的，我就沒有見過自己媽媽！」

白老大面色一沉，不怒而威，顯然白素的話令他不快，也可能是這個原因，他一揚手，「砰」地一聲，在曹金福的胸口打了一拳，朗聲道：「小朋友，你放心，找你那仇人的事，就是我的事！」

白老大倒不是胡亂說的，因為他正要把陰老二，也就是陰差找出來，和曹金福目的相同。

可是這一切情由，曹金福卻並不知道，他大是感動，雙手亂揮，一時之間，竟不知說甚麼才好。

紅綾在這時，仍在繞着曹金福打量他，還極熟絡地提起他的袴腳來，要看看他是不是踩着高蹺，白素幾次想阻止，都宣告無效。

我忙道：「最近有了很大的發現，會詳細說給你聽，你就來了，真好，把祖老爺子找來，讓他也聽聽，當年的事，他有份的！」

曹金福的心情興奮之至，雙拳揑得格格直響，紅綾忽然問：「你是真人，還是和那個康維十七世一樣，是製造出來的？」

紅綾說了之後，又解釋：「那個康維十七世是——」

曹金福點頭：「我知道，他是一種新形式的生命，我見過他，和他一起去找過一個鬼！」

（曹金福的那一段經歷，記述在一個原振俠醫生的故事之中。）

紅綾大是好奇：「找到沒有？」

曹金福卻心急想知道他仇人的事，所以沒有接下去，只是道：「我是真人。」

紅綾又追問：「你多高？」

曹金福答：「兩百二十二公分。」

我心中迅速算了一下：兩公尺二十二公分，那是英制中的七呎三吋半——美國的一些著名籃球員也有這樣高度的，可是在壯健方面，絕比不上曹金福。

曹金福又道：「我一直在找仇人，可是一點結果也沒有，怎然想起了衞叔，就想來討幾碗酒喝——上次那酒真好喝，像是至今，口中還有餘香！」

這兩句話一出口，我就知必有風波，果然，紅綾一聽，就立刻向我斜眼望來，一副責怪的神氣，當然是在怪我何以從來沒有向她說起過有那麼好喝的酒。

我笑道：「你自己去問曹大哥，他師父還有一條蛇，更有趣哩！」

曹金福大喜：「衞叔也知道我師父有酒蛇鞭？」

雷九天有「酒蛇鞭」的事，我是聽鐵旦鐵大將軍說的，也沒有和紅綾說過。

紅綾瞪着曹金福，令得曹金福不知道自己做錯了甚麼，我忙道：「她也愛喝酒！」

紅綾甜甜地叫了一聲：「曹大哥，告訴我是怎麼一回事？甚麼叫酒蛇鞭？」

我忙道：「這樣吧，反正要去請祖老爺子，紅綾你和金福一起去，一來一回，金福也就把甚麼都告訴你了——有許多事你已知道，就不必再問！」

紅綾這時一躍而起：「好極！」

曹金福也爽快：「我也正要去向恩公叩頭！」

他們兩人，高高興興地離去，我和白素，白老大樂呵呵，白老大說得更直接：「這楞小子配得起紅綾！」

白素笑：「我們三個老人家也太一厢情願了！」

白老大搖頭：「非也！天造地設的一對，第一眼就叫人知道那必然會是一對，再也不會走眼。這小子那樣子，別的姑娘家見了，還不嚇了個靈魂出竅！」

我伸了一下懶腰：「好，整個故事中的重要人物來了，花五那裡，有沒有金取幫的消息？」

白老大「哼」了一聲：「你那裡也沒有亞洲之鷹的音訊，花五……花五……」

他連說了兩聲「花五」，沒有再說下去。

我陡然想起，那天晚上，我利用偷聽儀，偷聽他們幾個人在車中的談話，有好幾次，感到花五的態度，很是可疑，可是又說不上所以然來。

我把這種情形提了出來，又補充道：「當時你在他身邊，應該更可以感到他有事在隱瞞！」

白老大點了點頭：「是，可是卻不知是為了甚麼？」

我吸了一口氣：「當年在我眼前偷走了那盒子的是金取幫高手，會不會花五早就和那乾瘦老頭有聯絡？所以才説話吞吞吐吐？」

白老大「嗯」地一聲：「我也想到了，當晚一分開，我就聯絡你的朋友，郭大偵探，派人日夜跟着他，卻未發現他和甚麼可疑的人聯絡，他獨居，生活很簡單，除了在那餐廳工作之外，幾乎和任何人都沒有接觸！」

白老大辦事老辣，原來他早有安排，我又想了一想，才道：「假設他知道那盒子的下落……既知那是來自陰間的異寶，就想獨吞，據為己有！」

白老大用力一揮手，表示花五真有可能如此——他同意了我的想法。

他先是很氣憤，但隨即傷感：「真想不透，當年怎麼會和這些人結義的！」

白素應了一句：「當年，他們自然必有可取之處！」

白老大苦笑着搖了搖頭：「得把花五揪出來，好好拷問一下！」

白素向我作了一個鬼臉，明顯地是對她父親這種霸道作風的不滿。我也不

禁笑了起來：「我看嚴刑拷打，不是辦法，不是已托了小郭在監視嗎？要他盡可能，作最嚴密的監視！」

白老大咕噥了一句：「能嚴密到甚麼程度？」

我笑：「那得問專家了——」

我一面說，一面拿起電話來，撥了小郭的號碼，他不在，留了話，請他儘快來。

這就是小郭何以會參加對「許願寶鏡」討論的原因了，他在兩小時之後趕到，那時，紅綾和曹金福，才請來了祖天開。

紅綾當然已把有關陰差的一切，全都告訴了他，對他來說，那是極大的喜訊，所以他又是激動，又是興奮，一見了我們，就連聲道：「好了！快了！只要把他找出來，就大仇可報了！」

祖天開也明白了當年的慘事，全是由於陰差懷着極卑鄙的念頭播弄出來的，所以他也很是興奮，不住地道：「天網恢恢，疏而不漏！」

忽然，他又躭心起來：「要是他早已死了，那豈不是便宜了他？」曹金福大聲道：「不是有陰間嗎？到陰間去，把他的魂拘出來！」祖天開忽然很是正經地問：「找到這雜碎之後，該如何處置？」

曹金福居然連想也不想，應聲就道：「凌遲！」

小郭就是在那時候走進來的，他先向門上的大洞看了一眼，神色奇訝，接着就聽到了曹金福所說的「凌遲」二字，這是一個久矣乎沒有人使用的名詞，小郭是百分之百的現代人，兩個字一入耳，和他的腦部活動，一時之間，無法有任何聯繫，所以他不明白那是甚麼意思，只是在曹金福咬牙切齒的神情上，得知事情很嚴重。

他猶豫了一下，沒有立即再向前來——在曹金福那樣的大漢發怒時，聰明人都知道，離他遠些比較好，不然，一不小心，殃及池魚，也夠麻煩的了。

（二）識穿真面目

我在一旁，聽了這樣的對白，當真是啼笑皆非，曹金福這樣回答，當然是在心中盤算了千萬遍的，說不定，那也是他的家訓。就算小郭不出現，我也不會讓這一老一少，再胡說八道下去的了。

小郭一來，我立時沉聲道：「靜一靜，有重要的事要商量，若是有人不想旁聽，我和小郭另外找清靜的地方去說！」

一時之間，各人都靜了下來，小郭攤開雙手：「大事？」他說了，又向白老大行禮，「白老先生，那姓花的生活簡單，很有規律，還要再跟？」

白老大向我指了一指，我道：「非但要跟，而且要加強——現代科技，可以使監視嚴密、有效到甚麼程度？」

那是小郭的專業，任何人被問及和他專業知識有關的問題，總有點自豪感，所以小郭的回答，也相當誇張：「嚴密到了超過你所能想像的程度！」

白老大沉聲：「說具體一些！」

小郭的話更誇張：「如果你需要知道一個人每一分鐘脈搏的變化，我也可以做得到！」

聽得他那樣說，我伸肘在他身上，輕撞了一下——那是警告他別在白老大面前胡言亂語，老人家要是認真起來，會有麻煩！

果然，白老大立刻道：「就要那樣！」

小郭居然充滿了自信：「得令！」

我知道，小郭有兩位異人相助，擁有不少尖端電子科學的儀器，有利於跟蹤、監視。那些儀器之先進和功能之宏大，連當時蘇聯的國家安全局，美國的中央情報局都瞠乎其後！

這兩個人，志同道合，是不折不扣的科學奇才，他們的一些享有專利的設計，為世界各地的大企業所採用，有着極其豐厚的酬金——那使他們的專業產品更可以提高，尖端科學聽來清高無比，但是如果沒有雄厚的資金，也只好寸

步難行。

小郭自從和這兩個人合作之後，由於他獨有的先進儀器的幫助，使他的偵探社的業務，突飛猛進，超越了他的同行。

這時，他敢誇口，自然是有所恃。白老大向我望來，在徵詢我的意見：小郭的話是不是靠得住？

我也認識那兩個人，這兩個人各有一個怪名字——分開來還好，合在一起，便怪得有趣。

他們一個姓戈名壁，一個姓沙名漠——加起來，兩人合稱，就是戈壁沙漠。

那當然不是他們的本名，而是他們成年之後改的。中國的父母在替兒女取名字時，沒有甚麼想像力，多半不是家康，就是志強，再不就乾脆叫富貴吉祥。他們的本名不必追究，提起戈壁沙漠的大名，倒是人盡皆知——我聽說他們近年來，曾和年輕人黑紗公主夫婦一起，有一段極其古怪的經歷。

年輕人曾給我一封短函，提及戈壁沙漠，曾有奇遇，有一次地獄之行，說若是我有興趣，可以找他們詳談。可是我一直為這樣那樣的事在忙，並沒有去找他們，他們也沒有來找我。

我不知道他們的「地獄之行」是怎麼一回事。若是和我曾到陰間去的經歷相仿，那倒很有參考價值——當時我想起了他們，也順便想起了這點，因為我們如今在進行的事，正和陰間有關。

白老大當下就十分認真地對小郭道：「那就對花五進行最嚴密的監視！」

小郭口唇動了一下，但是沒有說甚麼——當晚他離開的時候，才悄聲問我：「有必要嗎？」

我給他的回答是：「有，太有了！」

小郭眨着眼，等我作進一步的解釋，就在這時候，溫寶裕闖了進來。這傢伙一到，本來已經夠熱鬧的，就更加熱鬧了。

他一進來，眼觀四方，先向門上的那個洞一指，張大了口，看來像是想發

出一下呼叫聲，可是一眼已看到了曹金福，曹金福站着，身形魁梧得驚人，令溫寶裕陡然一怔，張大了口，出不了聲。

他沒有見過曹金福——和祖天開、李宣宣等等，發生「從陰間來」、「到陰間去」的許多事件，溫寶裕還根本沒在我的故事之中出現。後來，他在我的故事之中，成了不可缺少的人物，但是那一段經歷，我一直到最近才整理出來，以前也沒有對他說過，所以，他對事件的來龍去脈，並不知情。

看到了曹金福之後，他呆了一下，接着，他又看到了白老大。

溫寶裕這人，雖然言行誇張，有時，甚至有點「飛揚跋扈」，但是好處甚多，尊敬長者，是他的自然習慣——我和白素都認為，尊重老人家，是做人的基本條件之一。

他一看到了白老大，就大叫了一聲，急步走向前，向白老大深深一鞠躬。接着，他又看到了祖天開，呆了一呆，也鞠了一躬，當然深度大有不如，他很客氣地問：「這位老爺子是——」

祖天開道：「我姓祖——」

紅綾搶着大聲道：「小寶，你不知道，你有太多的事不知道了，哈哈，你有太多事不知道了！」

紅綾這時，高興得手舞足蹈，的確，這時所發生的事，溫寶裕並無所知，他吸了一口氣，忽然向曹金福一指：「別說我甚麼也不知道，至少我知道這位大哥，和你倒是天造地設的一對！」

溫寶裕仗着和紅綾熟，所以甚麼話都可以說，而紅綾也根本不會忸怩害羞，聽得小寶這樣說了，反倒笑嘻嘻地向曹金福望去，頗以為然。曹金福漲紅了臉，可是也並不躲避紅綾的眼光，此情此景，看得人心曠神怡之至。

白素小心，唯恐青年人說話過了份，臉上會掛不住，所以急忙道：「小寶，你確然有許多事不知道，會第一時間告訴你，別胡言亂語！」

溫寶裕為人何等機靈，自然立刻大聲答應，他向曹金福拱了拱手：「大哥請了，在下溫寶裕這晌有禮了。」

曹金福自己有點傻頭楞腦的，所以看到溫寶裕這樣伶俐的小伙子，自然感到歡喜，也連忙抱拳為禮，通了姓名，溫寶裕笑着道：「我性喜胡言亂語，曹大哥別見怪！」

曹金福竟老老實實回答：「不！剛才你所講的，絕不是胡說八道！」話一出口，他才省起這樣說略有不妥，所以又漲紅了臉，再也說不下去。

白老大沉聲喝：「小猴兒，不准欺負老實人！」

溫寶裕吐了吐舌頭：「冤枉啊，青天大老爺！」

曹金福也咧着嘴笑：「這小兄弟，欺負不了我！」

溫寶裕連聲道：「我再不欺負人，究竟是甚麼事，該告訴我了！」

他這一問，倒把所有人都問啞了——事情的過程，極其複雜，要從頭說起，三天三夜不算多，一整天至多說一個梗概！

我先開口：「說來話長，你只好一點一點了解，我們現在，正要托郭大偵探用先進的技術去跟踪一個人——」

小郭在百忙之中，還要打岔：「不是技術，跟踪、監視、偵查，都是藝術！」

溫寶裕立時舉起手來：「大偵探，若是需要人手，請先考慮我！」

小郭也頗會擺架子，對溫寶裕的請求，竟只在鼻子中發出「哼」地一聲，算是回答。

溫寶裕生性豁達開朗，所以一點也不生氣，反道：「要勞動郭大偵探去監視，那人也一定非同小可了！」

我把花五的情形，用最簡單的方法，向溫寶裕介紹了一下——雖說最簡單，但也化了近十分鐘，看溫寶裕的神情，還不是十分明白。

我嘆了一聲：「當年五人結義，白老爺子是老大，那姓花的排名第五，你再也想不到，被你無意中招了來，進入了陳安安腦部的那個野鬼，是當年排名第四的一個江湖大豪！」

這兩句話一出口，溫寶裕自然是意外之極，一時之間，他望望這個，望望

那個，好幾次想開口，卻又不知說甚麼才好，實在是因為事情太奇特了！

過了好一會，他才道：「世界真是太少了……不，空間真是太小了！」

黃老四的鬼魂，當然不屬於我們生存的世界，所以「世界真是太小」這句話，自然也不適用了。

曹金福突然插了一句口：「是的，空間很小，所以只要努力，一定可以把陰差找出來！」

溫寶裕不由自主，發出了一下呻吟聲：「那……陰差又是甚麼……東西？」

他說了之後，用力抓着頭，一副心癢難熬的樣子。我相信所有在場的人，都願意使他在最短的時間內明白一切，可是事情的經過，實在太曲折複雜了，以致不知從何說起才好。

溫寶裕顯然也明白這種情形，所以他最後，把哀求的目光，轉到白素的身上。

白素也不負所望，立即道：「跟我來！」

她把溫寶裕帶上樓，進了書房，不一會，就下樓來：「我把已整理出來的記述給他看，只有等他自己全看了，才能明白經過，靠人説，説不清楚了！」

我連連點頭，白素這個辦法極好。溫寶裕和藍絲，在巴哈馬群島，浮沉於碧波之中，過那神仙一般的日子，有一得必有一失，他因此錯過了不少事。

但幸好這些事，我都整理出了記述，有關的記述一共有五個故事：「從陰間來」、「到陰間去」、「陰差陽錯」、「禍根」以及才完成的「陰魂不散」，等他看了這五個自成段落的記述之後，自然對於一切事情，都可以了然於胸了！

紅綾卻嘆了一聲：「忘了問他，藍絲到哪裡去了？」

白素笑：「我問了，藍絲回藍家峒去了。」

紅綾笑問曹金福：「藍絲是我的表姨，我媽媽的表妹，我媽媽的媽媽……我們家的故事可多着哩！」

曹金福居然好強：「我們家的故事也不少，不過有血海深仇在，都很悲慘。」

曹金福武藝超群，紅綾更是學識浩翰如海，可是聽他們的對話，都又天真未泯，像是小孩子一樣。

當下小郭先告辭，去佈置監視花五，約好兩日之後再來，溫寶裕進了書房之後，我知道沒有二十小時以上，他出不來，進去看了他幾次，他連頭也不抬，只是打手勢叫我別去打擾他。

曹金福理所當然，住在我的客房，他和紅綾，已很是熟絡，化了很多時間去陪祖天開，一遍又一遍，聽祖天開說六十年前發生的慘事，每聽一次，就咬牙切齒，痛恨得滿頭大汗。

他的那種情形，真叫人又好氣又好笑，白素忍不住嘆息：「要是找不出陰差來，我看他不能恢復正常！」

我也嘆息：「要是找出了陰差來，事情更糟！」

白素默然不語，因為絕想不出若是找到了陰差，可以叫曹金福不報他的血海深仇！

既然沒有辦法，自然急也無用，只好到時再說了！

第二天一早，溫寶裕伸着懶腰，自書房出來，大呼小叫：「過癮，真過癮！甚麼時候再聚會，我也想參加，陳安安……不，黃老四一定認得我！」

他也不等人回答，就走向門口：「我得去見娘親了！」

白素不以為然：「你回來，令堂不知道？」

溫寶裕道：「這不能怪我，要是她知道了，我能那麼快就把那些記述看完嗎？」

白素自然想起了若是溫媽媽駕到的可怕情景，所以也沒有再說下去。

到了第三天，一干人等，又齊集在我的住所，聽小郭講監視花五的結果。

小郭的監視工作，無懈可擊，比想像中的完美還要完美，他在花五的住所中裝了偷聽器，偷錄設備，又派人跟蹤花五的一切行動，整整兩天，花五的每

一個行動，甚至包括他的睡眠，都難以遁形，全被記錄了下來。

情形和小郭上次所說的一樣，花五的生活很是簡單，除了到餐室當他的領班之外，一回到住所，就再也不出去，他的大嗜好是聽音樂，聽的全是韓國的民樂，旋律雖然簡單，可是很優美，他閉着眼睛，微微晃動着身子，一聽就是好幾個小時，有兩次，聽着就睡着了。再就是吃，各種各樣的零食之多，吃個不停，簡直是一把一把抓了向口中塞，窮凶極惡地吞嚥。

他不和任何人接觸，連電話的接觸也沒有，就像是他在世上再也沒有親人一樣。

小郭滙報完畢，望向白老大，白老大悶哼一聲，神情大是不滿。小郭很不服氣：「老爺子，功夫做足了吧！」

白老大臉色更難看，這種情形，誰都可以看得出，老人家一開口，所說的話，絕不會悦耳動聽，白素趕在他開口之前，大聲叫了一聲：「爸！」

白老大冷笑一聲，神色仍然難看，但多半已把原來要說的的話，忍了下

去。

小郭盯着白老大不說話，白老大不望他，向我看來：「監視一個人的行動，若是叫那個人發覺了，這還算是甚麼監視？」

我還沒有反應，小郭臉已漲得通紅，大聲道：「我敢說，那姓花的絕不知道有人在監視他！」

白老大「嘿嘿嘿」冷笑三聲，更是笑得小郭臉無人色，霍然起立，就要拂袖而去。

我也不知道何以白老大會如此肯定，白老大已然發話：「郭大偵探，如果你肯再留一會，我想，就快會有結果分曉了！」

一干人等，都不知白老大這樣說是甚麼意思，溫寶裕口快，一張口想問，電話鈴已響了起來，紅綾一長身，就抓起了電話，聽了一下，遞給白老大，白老大向她作了一個手勢，示意她按下一個擴音掣，好讓大家都聽到。

電話中傳出的是花五的聲音：「老大，有人僱了飯桶偵探監視我的行動，

真好笑，是老三老糊塗了，幹這種事？忘了我是甚麼出身的了？」

白老大語音鎮定：「別冤枉好人！」

花五嚷了起來：「老大，是你！」

白老大承認：「是我，還是叫我看出問題來了，你是自己說呢？還是要我在下次聚會的時候抖出你的事來？你可別想着溜，天羅地網已經撒下，你溜到哪兒去，都躲得過初一，躲不過十五！」

各人都聽到花五和白老大的對話，當花五說到「飯桶偵探」的時候，雖然人人都禮貌地忍住了笑，可是小郭要多狼狽就有多狼狽。

然而，白老大接下來的話，卻像是他已完全知道了花五的秘密，那又使所有人驚訝不已！

我立時向白素望去，白素也神情惘然，我作了一個鬼臉，意思是白老大在行詐，白素沒有反應。

只聽得電話中，花五靜了一兩秒鐘，才乾笑道：「老大，想不到你也會行

詐！」

事情忽然之間有這樣的發展，當真是出人意表之至，一時之間，人人都不出聲。

若干時日之後，白老大和我們說起他識破花五陰謀的經過，十分洋洋自得，先數說了小郭幾句：「你以為自已到了人家的地方，為所欲為，翻江倒海，裝上那麼多儀器，人家就是死人，不會知道？」

小郭喃喃地分辯了幾句，大抵是儀器很小，裝得又十分巧妙之類。

惹得白老大嘿嘿冷笑：「再精巧的儀器，也是死的。人卻是活的，儀器怎能勝得過人？不過也難怪你，因為你不熟花五的為人——我其實也不是很熟他，可是我至少知道他曾是『金取幫』中的高手。金取幫專幹偷竊勾當，是賊祖宗，幫名就有『精巧地取到手』之意，你在他的住所搞鬼，怎能瞞得過他？我敢說，他還未進門，就已經知道屋中被人做了手腳了！」

小郭還有點不服，白老大更是老氣橫秋：「你看了錄影帶，還以為有了成

績，也太大意了——」

他望向當時在場的各人：「你們都太大意了，就沒有看到，他至少有十次以上，視線是故意望向鏡頭的。一個人好端端地，怎麼會望向同一處所在，自然是他發現了那裡有隱蔽的鏡頭！」

小郭當時，還是不很服氣，回去找出了錄影帶來一看，才由衷地佩服，對我說：「老爺子的觀察力真敏銳，我這點功夫，在花五面前賣弄，真是關公面前舞大刀！」

要小郭肯真正心悅誠服，不是易事——這些全是後話，表過就算。

卻說當時，花五在電話中說白老大行詐，白老大連聲冷笑：「老五，我和你是老兄弟，有話好說，我身邊那些小朋友，可和你沒交情，他們要幹甚麼事，我也攔阻不住，你自己去想想吧！」

直到那時，我仍然認為白老大是在虛張聲勢，恫嚇花五，正想花五也是老江湖了，只怕不會那麼容易上當！

可是，在白老大說了之後，花五竟有十來秒鐘，了無聲息。

白老大再「嘿嘿」冷笑：「小婿生性好事，無風尚且要起三尺浪，你是知道的了？」

白老大這樣形容我，我自然無話可說，白素趁機向我作了一個鬼臉。

我不明白白老大何以要拿我來嚇花五，但是他的恫嚇，顯然很有作用，花五發出了一下如同呻吟一樣的聲音。白老大又道：「還有那位巨靈神一樣的大個子，老五，只怕你經不起他的一拳吧！」

曹金福在一旁，自然知道白老大是在說他，他握住了拳，向自己的拳頭望了一眼，一臉的疑惑之色。

這時，別說是曹金福，在場的所有人，都不知道白老大何以會說曹金福要打花五，因為兩人之間，根本一點關係也沒有！

花五聽了，再發出了一下那怪異的聲音，白老大再道：「好了，你知道我不是行詐了吧！快來，把事情說明白了，你日子會好過得多！」

白老大話一說完，作了一個手勢，溫寶裕領悟最快，一伸手，按下了掣鈕，結束了和花五的通話。

各人都望向白老大，等他作進一步的解釋，可是白老大卻胸有成竹，撫着白鬍：「且等你們納悶一會，花五來了，自有分曉！」

我們都知道，白老大在小郭所做的監視工作之中，有了重大的發現，可是卻沒有人知道他究竟發現了甚麼，在白老大那裡，得不到答案，又不約而同，一起向我望來，我心中暗叫慚愧，搖着手：「老爺子天機不可洩漏，我也不知內中究竟。」

曹金福念念不忘深仇，大聲問：「是不是和我能報仇有關？」

白老大微笑不答，莫測高深。溫寶裕打趣：「曹大哥，我推薦你去見一個人，見到了這人，你血海深仇是不是能報，就可見分曉！」

溫寶裕沒輕沒重，口沒遮攔，輕佻得很，喜歡亂說話，他說那番話的時候，嬉皮笑臉，絕不正經，縱使沒有惡意，也是開玩笑的成份居多。

而曹金福對於「血海深仇」，卻認真之極，那玩笑是絕開不得的！所以，他的話才出口，我首先怒叱：「小寶，你少胡說八道！這玩笑可是開得的？」

我叱得嚴厲，可是曹金福還是認了真，他已拉住了溫寶裕在求：「小兄弟，真能那樣，我曹金福向你叩頭！」

溫寶裕也知道自己鬧得過大了，他嘆了一聲：「我的意思是，陰間三寶之中，不是有一面『許願寶鏡』嗎？如果你能找到掌管的人，借來許一個願，不就可以知道了嗎？」

（三）當年盜盒人

誰都可以聽得出，溫寶裕的「方法」，根本是在胡鬧，所以，連紅綾在內，都以責怪的眼色望向他。溫寶裕縮了縮頭，又道：「曹大哥，算了，只當我沒説過，我是説着玩的！」

可是曹金福卻很是認真：「那掌管寶鏡的人在陰間，如何找他去？」

我心厭溫寶裕胡言亂語，就落井下石：「派小寶去找，他神通廣大，多半能找到！」

溫寶裕慘叫一聲：「我是存心開玩笑的，再也不敢了，曹大哥別見怪！」

曹金福一聽，雖然滿心不快，可是他為人忠厚，也就忍住了沒有發作。只是放開了溫寶裕。

這時，溫寶裕不斷地在向曹金福打躬作揖，表示賠罪，在一旁只是喝悶酒，一直不出聲的祖天開，忽然道：「那許願寶鏡，自然由大同的新媳婦掌

管，哼！這女人好狠心，竟不來看看大同，常言道一夜夫妻百夜恩，看來全是假的！」

祖天開忽然大發牢騷，還好所有的人，對於事情的前因後果都了然，不然還真聽不懂他的話。

在他口中的「大同」，自然是王朝的孫子王大同，那如今成了瘋子，曾經死了又還陽的腦科醫生王大同。而「新媳婦」當然是王大同的妻子李宣宣，那位美艷絕倫的大美人，自從她嫁給了王大同之後，祖天開一直叫她「大同的新媳婦」——「媳婦」在北方話中的意思是妻子。

李宣宣的身分奇特無比，她是陰間使者，是陰老二的繼任人，陰老二盜了陰間三寶到陽世來，之後若干年，陰間才又派出了李宣宣到陽世，來追尋其中的「許願寶鏡」。

可是李宣宣絕非鬼魂，百分之百是人，她何以會成了陰間使者的，和陰老二如何會成為陰差一樣，還是一個不可解的謎團。

祖天開這時所說的話沒有錯：那許願寶鏡，當然是由她掌管着。而她有寶鏡在手，要出入陰間陽世，易如反掌，雖然她對王大同已經絕望，但王大同如今處境大是淒涼，她似乎也應該來看王大同一下，祖天開的責備，也有一定道理。

曹金福聽了，大叫一聲，聲若洪鐘：「只要找到她，就能知道許多許多事！」

我在這個故事一開始的時候，就已提過，我們對許願寶鏡，有過一番討論——討論就是這樣形成的，並非經過刻意的安排，而是自然產生，曹金福的大聲叫嚷，可以說是討論的開始。

溫寶裕立時說：「是，至少通過許願寶鏡，你可以知道能不能報仇！」

祖天開搖頭：「也不一定，用那寶鏡的過程複雜無比，而且還要看每一個人和寶鏡的緣分。像我，當年得了寶鏡，要到六十多年之後，才是使用的時候！」

曹金福睜大了雙眼：「這東西……真是法寶？」

紅綾插口：「凡是在地球人知識範圍以外的物事，對地球人來說，都是法寶。」

紅綾的話，正是我一貫的主張，所以聽了她的話，自然深得吾心，而且突然心中一亮，立時問她：「以你現在的知識範圍去認識，那是甚麼？」

紅綾在苗疆有奇遇，她媽媽的媽媽把無數的知識，注入了她的腦中，這經過各人都知道，也知道她這時的知識範圍已遠遠超過了地球上的一切，所以，我一問，各人都靜了下來，留心聽她怎麼說。

紅綾且不說話，只是拿起了她掛在項間的那環，把玩着。那隻小小的圓環，奇重無比——紅綾力大無窮，她自然不會覺得重。

我一看到了紅綾這樣的小動作，心中就陡然一動，想到的是：這個來自陰間，神秘莫名的小圓環，曾有奪魂催命，令人死亡之能。而且，和曹金福上代，滿門死亡的慘事，大有關連，若是紅綾已對他說了這環的來歷，曹金福這

傻大個子，不知何以能沉得住氣？

我心中這樣想，自然而然，向曹金福偷覷了一眼。

曹金福這時的神情極怪，他正看着紅綾手中的那環，欲語又止，疑惑之至，過了一會，他伸手指向那環，可是這時，紅綾卻已順手把那環放進了衣領之中。

曹金福和紅綾再熟，也不好意思把手指指向一個姑娘家的胸口，所以他縮回了手來，但仍是神情疑惑。

那環的來歷我知道，我這時肯定曹金福不知道，他之所以一看到就有疑問，可能是由於他的上代曾被這環奪走了全家的生命，所以令他有點「直覺」。

同時，我也想到，紅綾行事很有分寸——沒有把這環的來歷告訴曹金福。

紅綾想了約有三分鐘，才回答我的問題：「我不能肯定，但是大體來說，那是一種……儀器。可以放出能量，也可以接收能量——在接收了人的腦電波之後，會有有關這個人未來命運的顯示——人未來的命運，是根據遺傳密碼發

生的。那儀器的用途很多，用它來許願，只怕根本不是它的功用。」

紅綾說得很小心，雖然她的話不夠具體，但也把那「許願寶鏡」描出了一個輪廓。

曹金福神情嚮往：「管它原來的功能是甚麼，只要能讓我許一個願就好了！」

聽得曹金福如此說，我和白素互望了一眼，知道雙方的想法是一樣的：曹金福許願，願望自然是能報血海深仇。而如果我和白素來許願，我們的願望是甚麼呢？

我們的目光，立刻一起望向紅綾，這表示我們的心意一致，都希望紅綾能快樂。

曹金福停了一停，又問：「如何才能和陰間……聯絡……那黃老四是一個鬼，他是不是能夠自由來去，可不可以托他去捎個口訊？」

曹金福的話聽來很可笑，但是在場的所有人都沒有笑的意思，因為曹金福

的「血海深仇」，若不是有一個很好的解決方法，事態不論向哪一方面發展，都不是令人可以笑得出來的。

紅綾很同情地道：「黃老四要是不肯，我再用力扯他的頭髮。」

那「黃老四」，是白老大以前的結義兄弟，可是他如今的情形，卻怪異莫名——他早已死了，靈魂不肯歸入陰間，做了許多年孤魂野鬼之後，進入了一個叫陳安安的六歲女孩的身體之內，所以紅綾才可以隨便扯他的頭髮！

曹金福望向各人，神情懇切，顯然他這時心中正急切地想得到各人的幫助。

我相信在這裡的所有人，個個都願意幫助他，可是也人人和我一樣，根本不知道從何着手才好。

還有一個問題，令我十分擔心的是，真的若是讓曹金福找到了陰差，以他心中積恨之深，非出手殺了陰差不可——在文明社會中，他的「報仇」行為，為法律所不容。

自然，以曹金福身手之能，要逃脱法律的制裁，是很容易的事，他可以隱居在深山大澤之中，例如在苗疆生活。但是這一來，他就和文明社會脱離了，雖然對他來説，或許不算甚麼。但是總叫人感到犧牲太多，代價太大了！

我和白素商量過，也曾試圖化解他心中的仇恨，因為那畢竟是大半個世紀之前的事，絕非他親身的經歷。但也隨即，我們都感到那做不到，「血海深仇」在他的腦中，已根深蒂固，怎麼也拔除不了。

我和白素，又曾想到過，過去了這麼多年，陰差這個罪魁禍首，可能早已死了，那就讓曹金福一直懷着不能報仇的遺憾好了，也沒有甚麼大不了。

可是近日來事情的發展，當年結義的五個人，年紀以白老大最大，他也還健在，更奇特的是，黃老四雖然死了那麼多年，可是他的鬼魂卻進入了一個小女孩的身體，他算是死還是活呢？

如是陰差的情形，也和黃老四一樣（他曾在陰間耽過，更應有這種不可思議的事發生在他的身上），那麼，曹金福找到了陰差之後，會發生的事豈不是

更嚴重，更複雜了！

這些問題，一直在困擾着我們，所以，這時，一和曹金福求助的目光相接觸，我甚至想避開他的眼光。但曹金福已先叫了出來：「衞叔！」

我吸了一口氣：「你放心，這裡想把陰差找出來的人很多，大家一定會盡力——若是我們這裡那麼多人，也找不出他來——」

溫寶裕搶過去說：「——那世上就再也沒有甚麼力量可以找出他來了！」

曹金福固執起來，如一頭花崗石牛，他道：「不，一定能把他找出來，上天下地，人世找不到，到陰間去找，總要把他找出來！」

各人都沉默了一會，因為實在不知說甚麼才好。雖然有許多事發生了，可是整件事的許多關鍵，卻還是很虛無飄渺的——這種感覺最難受了，明明知道有一大堆東西在那裡，可是卻只能感覺，而看不見，摸不着，虛得叫人心中發慌。

就在這時候，門鈴響起，白老大沉聲道：「花五來了，他心中有鬼，來遲

了！」

白老大說得極其肯定，我看出不單是我，其餘人也都有疑惑之色，可是立即證明，白老大的說法對，紅綾一個箭步到了門口，把門打開。站在門口，正是神情惶恐，手足無措的花五。

花五的樣子很是普通，這樣外形的人，見了一次之後，不會有很深的印象，混在人叢中，也不會惹人注目。

白老大一揚手，聲若洪鐘：「進來，各位，這位是花五，曾是金取幫的高手，妙手空空，神通廣大。其餘人自我介紹吧！」

花五一臉苦笑，向內走來，各人自我介紹，大偵探小郭的神情最尷尬。

花五還沒有坐下，白老大目光如電，在他的身上掃來掃去。他雖然年老，可是目光仍然凌厲之極，連旁觀者，也似乎可以感到目光掃在花五身上，像是有「刷刷」的聲響在發出來。

花五更是坐立不安，鼻尖沁着汗，一雙手無處去放，無意識地揮動着。他

先開口，聲音斷續：「老大，這……是怎麼啦？」

白老大嘿嘿冷笑：「幾年之前，有一個試酒大會，在那個會上，亞洲之鷹羅開，曾托人帶了一件來自陰間的寶物給衞斯理，結果，那寶物在轉眼之間，叫人偷走了！」

花五乾笑，抹着汗，他很胖，容易出汗：「這事……大家都知道……偷走那……寶物的，是一個……乾瘦老頭，可能……是韓國……金取幫的高手。我已照老大的吩咐要找他出來。」

白老大的神態更冷：「找到了沒有？」

花五陪着笑：「老大你這是……明知故問了，事隔有年……當年又沒有甚麼線索留下來，哪有那麼容易找的，我正在努力！」

白老大忽然縱笑了起來，他的笑聲，極其宏亮，陡然爆發，令所有人都嚇了一跳，那花五更是神情惶恐，不知如何才好！

這時候，我對白老大的言行，不是全部苟同，因為他太盛氣凌人了——白

老大霸氣十足，這是我早已知道的。我也可以肯定，花五鬼頭鬼腦，必然有重大的事情隱瞞着我們。

可是花五在聽了白老大的電話之後趕來，一直低聲下氣，笑臉迎人，而白老大則咄咄逼人，像是大老爺在審案子一樣，一點也不留餘地，簡直沒有將花五放在眼中。

我當時所想到的是，雖說當年結義，白老大為長，但是事隔多年，他這個「老大」已沒有甚麼約束力，花五的忍耐有限度，萬一他反了臉，要找出那個偷走盒子的金取幫高手，就更加困難了！

所以，我認為有必要使氣氛緩和一些，不要弄僵。

我也相信，那時不但是我，所有的人，都有同樣的想法，因為人人都不出聲，都有不以為然的神情，而花五也不住地把求助的目光投向各人。

我知道白老大霸道，所以在開口之前，先吸了一口氣，盤算着該如何說才好。

白素就在我的身邊，我們之間，確實已到了心意相通的地步，她立即知道了我要做甚麼，所以，不等我吐出第一個字來，她就伸手指，掩住了我的口！

白素用行動來叫我別多口，聽由事情由白老大控制去進展。

由於接下來事情的演變，實在太出人意表了，所以我對白素當時止住了我的發言，佩服之至。可是我也有些不服氣。

所以在事後，我曾問她：「當時，你難道已經知道了事情會有甚麼樣的發展變化，所以才不讓我說話？」

白素微笑：「不，我不知道，我沒有料到事情會那樣，只是我比你更了解爹的為人——他若不是有了十足的理由，不是有了十足的把握，不會有這樣的言行！」

我把發生的事從頭到尾，又想了一遍，才由衷地感嘆：「薑是老的辣！」

這是後話，當時，白老大忽然大聲縱笑，人人目定口呆，我被白素阻止，也沒有出聲，所以白老大的氣勢如虹，操縱了全場。花五的樣子更可憐巴巴，

他道：「許多日子了，事情……會有變化，我也許久沒和金取幫的人……聯絡了！」

白老大的轟笑聲戛然而止，一字一頓地道：「說到現在，這一句倒是實話！」

各人聽得白老大這樣講，更是愕然，因為那等於說，花五所說的，幾乎全是謊言！這是很不留餘地的指責！

花五張大了口，看來想為自己分辯，但是白老大不容他開口，一伸手，指尖離花五的鼻尖，已只有一公分的距離，白老大語音鏗鏘：「你怎敢和金取幫聯絡？金取幫的人一直在找你，你躲還來不及，怎麼會有聯絡？」

白老大的這幾句話，說得突兀之極——我不明白，也不以為在場的人有一聽就明白的。

可是花五顯然是一聽就明白了的。

因為他胖胖的臉上，一下子變得血色全無，豆大的汗珠，不斷滲出來，胖

肉在發抖，汗珠也就一粒一粒地彈散了開來。

看他的神情，分明是心中的恐懼，至於極點！

白老大一面嘿嘿冷笑，一面向我望來，冷冷地問我：「聽說金取幫的幫規極嚴，你可知道一二？」

我這時多少也已看出，白老大是在「做戲」，要在戲劇化的「攻勢」之下，令得花五全面崩潰，好把隱秘說出來。他既然問我，我自然要幫着他把這台「戲」做好。

所以我點了點頭，用聽來駭人的聲調道：「是，嚴到了極點，若是有一次行事失手。就要先剁去一手，逐出幫去，任由死活！」

白老大「嘖」地一聲：「行事失手，純屬無心之失，尚且處置如此之嚴，若是欺瞞背叛，吞沒幫中財物寶貝，不知會怎樣？」

白老大的話才一出口，我還沒有接腔，花五已發出了一下慘叫聲：「老大，救我！」

花五那一下慘叫聲，顯然在白老大的意料之中，他立時斜睨向花五：「你闖下了甚麼大禍，要我打救？」

花五聲音發顫：「我……欺瞞背叛，吞沒幫中的財物，幫主命我……去盜取寶物，我得手之後……據為己有，逃匿追踪。」

白老大冷冷逼問：「據金取幫幫規，該當何罪？」

花五的聲音更是顫抖，充滿了恐懼，他道：「斷去……雙手雙足，塞入土罈子中，只露頭在外，充着把戲班中的罈中怪人。」

花五不但說來聲音淒厲，而且所說的內容，也令人不寒而慄。一時之間，人人望着花五，只見他臉色灰敗，汗出如漿。可是白老大還不放過他，又追問：「想那罈子，罈口甚小，人雖被砍去了手足，身體仍大，如何能塞得進去呢？」

花五全身發抖，發出的聲音更可怕，所說的內容，也更是匪夷所思，簡直令人頭皮發麻！

他道：「把斷手斷足之人，浸在熱醋之中七七四十九日，每日只喂清水，人餓極了會喝醋，以致日瘦一日，醋浸又令人骨頭酥軟……所以可以塞進……罈子之中！」

他說完之後，整個人已軟癱在沙發中，紅綾遞了一杯酒給他，他一口就喝光。

白老大冷笑：「不知那是甚麼寶物，值得你冒這樣的奇險去呑沒？」

花五望向白老大，剎那之間，神情複雜之至，分明還想隱瞞，但又不知道白老大究竟知道了多少。白老大一揚眉：「我全知道了，這些年來，你也不嫌重？」

白老大最後那句話，乍一聽，也是毫無來由之至，但是我聽了之後，心中陡然一動，不禁發出了「啊」地一下低呼聲！

剎那之間，我想到了一些甚麼，雖然那還只是極其模糊的一個概念，但是我已下意識地感到那太沒有可能了，一定是我的胡思亂想。所以，在發出了低

呼聲的同時，我又自然而然地搖了搖頭。

可是我那一下低呼聲，卻已引起了白老大的注意。白老大立時向我望來，目光之中，竟大有嘉許之意。這種情形，又令得我心頭狂跳——莫非我突然之間想到的，竟是事實？

正在我心思繚亂之際，花五已大叫一聲，身子自沙發中「滑」了下來。看情形，他本來是要向白老大下跪的，可是他由於驚恐太甚，以致整個人都軟癱了下來，變成了趴在地上，不住顫抖。

他同時發出絕望的哀鳴，聲音淒厲：「老大，你真的甚麼都知道了！你真的知道，求求你，別說出來，別說出來，別告訴任何人……別讓風聲傳開去，我可不想臨老再做鐔子人！」

他的叫聲，簡直令人毛髮直豎，紅綾和曹金福異口同聲問：「他做了甚麼，怕成這樣！」

白老大冷冷地道：「我非說出來不可，因為你的作為，和在這裡的人都有

關連，他們有權知道！」

花五的身子，劇烈地發着抖，白老大又道：「不過，除非現在就有金取幫的高手在，不然，我可以保證你的行為，不會從這裡傳到金取幫的耳中去！」

溫寶裕在這時，也忍不住叫了起來：「天！他究竟做了甚麼？」

白老大向我望來，目光之中，頗有挑戰的神色，顯然他是想考考我，是不是可以回答得出這個問題。

我深深吸了一口氣，先伸手向曹金福招了招手，曹金福神情疑惑，來到了我的身邊。我這才伸手向花五一指，聲音清楚，使人人都聽得到。我在有了模糊的概念之後，又想了許多，深信我這時說出來的，必然就是事情的真相。

我道：「金福，當年我們懷疑是你取走了那隻來自陰間的盒子。其實那隻盒子是被花先生偷走的！」

我這句話一出口，各人都怔呆，只有白素微笑，白老大則發出了滿意的笑聲。花五在白老大的笑聲之中，軟癱在地上，發出可怕的呻吟聲。

曹金福用力眨着眼：「花先生？他……我可記不起當時有他在場啊！」

我再吸了一口氣：「當時，他坐在你的旁邊，又乾又老又瘦，你忘了？」

曹金福又眨了一會眼，這才笑了起來：「你在開玩笑，這瘦老頭和……他……可沒有半分相似之處，而且一個瘦，一個胖……這……」

溫寶裕腦筋動得快，他也想通了，他以一句簡單的話，回應曹金福的疑問：「人的外型，是很容易改變的。」

（四）催命和還魂

曹金福仍然滿面疑惑，先望了望自己，再望向紅綾。白素笑了起來：「要叫你這樣的大個子，變成一個小矮人，自然不能。可是要令一個瘦子變成胖子，卻並不是甚麼難事！」

白素說到這裡，望向她的父親：「可是我不明白，爹你和花先生是老相識，怎麼也會到後來才想到是他？」

白老大冷笑：「他的心計可深了，先由胖變瘦，再由瘦變胖，我看他曾在醋中浸過七七四十九天！」

花五直到這時，才呻吟一聲：「老大，這玩笑是開不得的！」

我雖然得到了答案，但心中的疑團，還有一大堆，難以解決。

例如人由胖變瘦，或是由瘦再變胖，要有一個過程，至少也得三五十天。難道金取幫早知在何時何地，亞洲之鷹會托人把一隻來自陰間的盒子交給我，

所以才早有計劃，派花五來偷？

我以充滿了疑惑的目光投向白老大，白老大道：「這其中的經過，我也不知道，要他來說。」

白老大說着，一伸手，抓住了花五的手臂，把他推到了沙發上。

我的第一個疑問，好像很不容易解答，可是花五三言兩語，便已道出了其中原由，很是簡單。

原來那盒子到亞洲之鷹羅開的手中，已經有一段時日了。羅開和金取幫第三十七代幫主（現任幫主）相識，在他們之間，有一段很是典型，又浪漫又瀟灑的男女之情。雙方都是江湖上的出色的角色，所以在感情上，也絕不拖泥帶水，各自知道自己的身分和對方的性格。

金取幫的現任幫主的名字是金艾花，是一個風情萬種的美女，鷹和金艾花之間，有着不定期的聯繫。

在鷹得到了那隻來自陰間的盒子之後，在一個絕對是偶然的情形之下，鷹

遇到了金艾花。

地點在何處已不重要，相遇的時間反倒值得一提，那恰好是夕陽西下，紅霞漫天的時分。

羅開樂山也樂水，那一天傍晚，他在海邊，本來一直閉着眼在聽海濤聲，偶然睜開眼，就看到了奇景。

那確然是一種很奇特的情景，一時之間，羅開竟不能判斷他看到的是甚麼景象——其實，他很清楚地知道，自己所看到的，是一個長髮女郎，正在沙灘上漫步，可是那種普通的景象，又如何會變成了奇景呢？

當然，他也很快就弄明白了，落日的餘暉，映在那女郎的身上，晚霞的瑰麗，也罩在那女郎的身上，再加上海面上反射出來的大蓬金光，也在那女郎雪白的肌膚上生出幻彩。所以，羅開看出去的奇景是，一個流動的，色彩絢麗變幻的女郎，正在緩緩移動，連她被海風吹拂而飄動的長髮，每一根都閃耀着奪目的光彩。

羅開並沒有看清那女郎的臉面，他也不急於去看清，因為那女郎的體態是如此之優美，和天上海面的所有光彩，又配合得溶為一體，已是令人賞心悅目之至，叫人心滿意足了。

他只是恣意地欣賞着，而等那女郎來到了離他只有十公尺左右時，他聽到在那一團光彩之中，傳出了一下動聽之極，充滿了喜悅的叫聲：「鷹！」

羅開定了定神，這時，他也看清楚，那女郎眉目如畫，肌膚賽雪，正是曾和他有一段緣的一個奇女子，身為世界上最奇巧，最嚴密的盜竊組織，韓國金取幫的第三十七任幫主金艾花！

亞洲之鷹羅開，在海邊偶遇金艾花的經過，自然是花五向各人敘述出來的。

在花五開始敘述之前，白老大喝令他：「從頭細說！若是有半個字的隱瞞，管叫你叛幫之名成立，做一個罈中之人！」

花五的身子又發了好一陣抖，這才又喝了好幾口酒，開始敘述。

一開始，他講了羅開偶遇金艾花的情形，已將所有人聽得目定口呆——想不到他在這樣驚恐的情形下，還能把事情的經過，說得如此細膩動人，好像他就是羅開一樣。

由於他說的情景相當動人，所以一時之間，也沒有人打斷他的話頭。直到他的話告了一個段落，我首先忍不住叫了起來：「太過份了！這樣說法，好幾年的事，三個月也說不完！」

溫寶裕用力一揮手，也叫嚷：「不通不通，你說的全是亞洲之鷹的觀感，你從何得知？」

花五眨着眼：「幫主告訴我的！」

溫寶裕搖頭：「你幫主也不能知道人家的觀感。」

花五卻道：「是羅開告訴她的！」

溫寶裕再好辯，這時也不禁語塞，只好乾瞪眼。白老大道：「別打岔，一打岔，更說不完了——花五，你也得揀重要的說！」

花五大是不服：「羅開和幫主偶遇，就重要之極，不是他們的這一次相會，就不會有以後現在那麼多事發生！」

白老大皺眉：「那你也說簡單些！」

花五苦着臉：「老大哎，是你叫我從頭細說的！」

白老大悶哼一聲，沉下臉來，樣子很是威嚴，花五忙道：「是！是！長話短說！」

他倒真是長話短說了。

那時——羅開和金艾花偶遇時，那隻來自陰間的「盒子」，已經在羅開之手了。

至於羅開如何得到那來自陰間的至寶，那是另一個故事，他沒有對金艾花說，所以花五也不知道。

羅開和金艾花相會，兩人都欣喜之至，羅開曾對金艾花有大恩，金艾花曾以身相許（這些情節，在亞洲之鷹傳奇「困獸」之中），這一番重逢，自然會

有數不盡的春光美景。

然後，羅開就提到了他有那隻來自陰間的盒子。是羅開主動向金艾花提起的，他說：「我最近得到了一樣很奇怪的東西，可能是寶物，我想把它送給衞斯理，由他去研究。」

推想起來，羅開向金艾花提起那盒子，目的是想知道那盒子究竟是甚麼東西。

金取幫以盜竊著名，盜竊的目標，當然全是世上的奇珍異寶，所以每一個幫中高手，對於各類奇珍異寶，都有豐富之極的知識，金艾花身為幫主，自然更是非同凡響了。

金艾花當時的回答是：「只要是書中曾有記載，口中曾有過傳說的，我都能說得出名堂來！」

這樣的回答，當真是自負之極了。

羅開笑：「人間的異寶，我自問也略知些來龍去脈，但是那東西，據稱，

是從陰間來的。」

金艾花「哦」了一聲，羅開已把那盒子取了出來。

又要把情形拉回到花五敍述往事的時間——當花五一開始講的時候，所有人之中，神情最緊張的是曹金福。

因為花五所要講的事，和「陰間」有關，而曹金福的血海深仇，也和來自陰間的陰差有關。事情關係着他上兩代上百條人命的深仇大恨，他自然緊張。所以一開始，他就緊捏着拳頭，指節骨不時發出「拍拍」的聲響，雙眼睜得老大，盯住了花五，像是生怕他會突然消失。

當花五講到羅開取出了那盒子時，曹金福的喉間，發出了一下很是怪異的聲響。

羅開取出了那盒子，交到金艾花的手中，提醒了一句：「小心，它很重！」

但是那盒子的重量，實在太出人意表，所以金艾花還是幾乎沒有脫手。

金艾花把盒子打開，合上，翻來覆去，看了好一會，才道：「我不知道這是甚麼，只聽說過，極西之地，產有玄鐵，比常鐵重十倍以上，但是這……看來還不止重十倍，我不知道那是甚麼！」

花五敘述到這裡，曹金福陡然大叫了起來：「這女人在說謊！」

他叫了一聲之後，覺出了自己的失禮，漲紅了臉。我立時替他解窘，問他：「何以見得？」

曹金福受了我的鼓勵，大聲道：「她若不知那是甚麼，不會叫人下手去偷！」

花五喝了一口酒：「是，我也認為幫主對羅開說了謊，她知道那是一件異寶，非同小可的異寶，所以一和羅開分手，就立刻找到了我，要我無論如何，盜寶到手，不限時日，但絕不能讓失寶之人找出我來。」

溫寶裕神情疑惑：「不對，亞洲之鷹生性豪爽，他和金艾花既然有一段這樣的關係，金艾花若是開口向他要，他連半秒鐘也不會考慮，立刻答應！」

在場的所有人，只有溫寶裕和亞洲之鷹最熟，羅開廣邀天下傳奇人物，謀求「解開死結」，溫寶裕是代表了我去參加的，他自然了解羅開的為人。

可是，就算和羅開素未謀面的人，對於他性格的豪爽，也絕不會有疑問。

所以，溫寶裕的疑問，合理之至：金艾花大可以開口向羅開要，何必派人去盜取——在羅開身邊偷東西，雖然由金取幫的高手來做，也必然困難之至！

一時之間，各人都靜了下來，望向花五。

花五點頭：「是，當我接到幫主的命令時，我也曾同樣問過幫主。」

溫寶裕道：「她怎麼說？」

花五道：「她只是眉心打結，好半晌沒說話，最後也沒有回答我這個問題——那令我很是不滿，因為我接受的任務，是出生入死的事，一失手，我真正會失去一隻手，可是幫主卻明顯地有事隱瞞着不告訴我。後來我僥倖得手，盟了背叛之意，就是從那一刻開始的。」

花五說了這番話之後，望向白老大：「老大，你料事如神，可知這其中的

緣故？」

白老大很認真地道：「我推測，金艾花知道那真正是一件異寶，非同小可，所以不敢開口要。因為她一表示要，羅開必然要她說出寶物的用途，她怕羅開知道了之後，就不肯給她，連偷盜的機會都沒有了！」

我對於白老大的分析，首先鼓掌，表示同意。

白老大又望向花五：「後來你得了手，必然是也多少知道了一點那確是非同小可的異寶，這才起了叛變之意的，是不是？」

花五對這個問題，並沒有立即回答，只是道：「且容我順序說下去。」

白老大倒沒有反對。花五道：「我接了任務之後，先令自己的外形改變，從接任務到得手，其間有三年時間，我一直是一個又乾又瘦的老頭子——瘦是硬餓出來的，老是化裝而成的。」

我和曹金福，不約而同，狠狠盯了花五幾眼——雖然他已經承認了，可是還是很難相信眼前這個胖子，就是當日試酒會之中的那個乾瘦老頭！

白素低聲道：「這亞洲之鷹也怪得很，有三年多的時間，他難道就找不到機會把那東西交給我們？」

我替羅開辯護：「我和他一直無緣相會，那東西又如此突出，難找人托帶——單是那重量已經夠累人的了！那把盒子交給我的怪人，當然是一等高人！」

說到這裡，我向花五一伸手：「好了，話說完了，把你偷的東西拿出來吧！」

我的話才一出口，曹金福老大的個子，霍然起立，竟然帶起了一股勁風。他瞪大了眼，望着花五，等着他把那來自陰間的東西拿出來。

花五的樣子很古怪，也很狡猾，他不敢面對我，可是竟然對曹金福道：「別心急，小朋友，別心急，且等我把話說完了再說！」

曹金福受不了花五這種老油子的態度，焦躁起來，喝：「你還有甚麼好說的？當年是你下手偷的，這些日子來，東西自然還在你的手裡，拿出來！」

我並沒有阻止曹金福，雖然我看出花五老奸巨猾，他被白老大識穿了就是當年的盜盒人，看來他還要玩花樣，不會就那麼順當把盒子交出來。

隨着曹金福的追問，各人也都以凌厲的目光，射向花五。卻只有白老大是例外，白老大一揮手：「是，別心急，等他把話說完！」

白老大作了這樣的決定，別人自然再無異議。花五現出很是感激的神情，望向白老大：「老大，你可知道，我一聽到幫主要我去偷那盒子之後，首先想到的是甚麼？」

白老大道：「那要看幫主對你說了些甚麼！」

花五道：「她說，有一隻盒子，據說是陰間來的，現在在亞洲之鷹手裡，會送去給衞斯理，我要你把它弄到手，不限時日。」

花五說了這一番話之後，略頓了一頓，才又道：「接着，她就把盒子的大小形狀，內外的情形，分量極重，告訴了我。」

白老大雙手交叉：「嗯，你當然一下子就想到了三阿姐的那枚催命環。」

白老大的那句話，我、紅綾、白素，自然是全知道來龍去脈的，那環號稱「催命環」，確然有奪魂催命的功能，神奇恐怖莫測，本來，已屬於從陰間來的陰差所有。在整個故事之中，奪走了曹金福祖父「全家」性命的，應該也就是這枚催命環。

後來，陰差把環給了崔三娘，崔三娘就曾用它對付了幾個仇家。可是自此之後，這環就不再有奪命的功能了，只是一個看來普通的圓環，只是奇重無比。

崔三娘一見紅綾，就把那環送給了她，現在，那環就掛在紅綾的項際。

我在一看到那隻環時，也立刻想到了那失去了的盒子，知道那盒和環，本來是一起的——環就放在盒子之中，本是一體。

所以，花五一知那盒子的內外形狀，就想起了催命環，是很自然的事。

我們也曾有過結論：當年被陰差自陰間帶出來的寶物，共有三件，那是許願寶鏡、催命環和那盒子。那盒子有甚麼功用，我們並不清楚。可是進入了小

女孩陳安安身體的黃老四，卻認定那盒子的功能，和催命環相反，環能催命，盒子還魂。

所以，才有了當年結義的老兄弟聚會，要設法找到那盒子的行動。

（這一切，都記述在「陰魂不散」這個故事之中。）

我和白素，紅綾知道這些經過，但是其餘人卻不知道，由於經過的情形太複雜，再加上有些顧忌，相信紅綾並沒有告訴曹金福。

可是白老大的話才一出口，反應最激烈的，正是這位大個子。

他本來已經坐了下來，卻又陡然躍起，臉漲得通紅，樣子看來很是可怕，連聲音都啞了，吼叫着問：「甚麼催命環？甚麼催命環？」

一看他這種情形，我就想到，那一定是他的「血海深仇」給他的直覺——他在祖天開處知道他祖父全家遇害時的情景，兇手曾有一隻神秘的環，挨着人就死。剛才，紅綾無意之中把玩那環，曹金福就曾盯着她看，現在，他又直接感到了那催命環和他的關係極深，所以才緊張得如些失態。

隨着他的吼叫聲，紅綾走過來，握住了他的手：「曹大哥，你別急，我會慢慢告訴你！」

曹金福四面看着，神情又是惶急，又是無助。我忙道：「金福，所有人都會盡力幫你，那催命環，來自陰間，有催命奪魂的功能，當年，陰差正是用那環行兇，殺害了你家祖上全家的。」

我用最簡單的語句介紹了那催命環，曹金福聽了，身子劇烈地發起抖來，反握住了紅綾的手，紅綾咬着牙，任由他握着（後來她說：曹大哥氣力真大，連我都痛得幾乎忍不住了。）

白素遞過了一大杯酒去，曹金福接了過來，灑了一半，喝了一半，這才漸漸鎮定了下來，他伸手指向紅綾的胸口：「這……環……就是那……環？」

紅綾點頭：「是，可是現在，功效已失了！」

她說着，把那環取了出來，交在曹金福的手中，曹金福把環托在掌心，看了好一會，才問：「這東西怎麼能殺那麼多人？」

白老大揚聲道：「現在還沒有人知道——你要是少打岔，會快一些弄明白！」

白老大發了話，曹金福更安靜了許多，又坐了下來——這大個子一激動，就像是火山突然爆發一樣，很是驚心動魄。

等他坐了下來，祖天開才口中含着酒，模糊不清地說了一句：「真像，像極了！」

他說的，自然是說現在的曹金福，在外型上，和他的祖父，當年的武林大豪曹普照，十分相似。

當曹金福把那環托在手心上觀看的時候，我留意到了花五的樣子很奇特，他也盯着那環看，而且，臉頰上的肌肉，在不由自主地抽動，情形一如餓狼見到了羔羊，有着一種異樣的貪婪。

當時，我也心中一動，可惜卻沒有多加注意，因為接下來發生的事，把我的注意力全吸引了過去。

我看到曹金福望向紅綾，紅綾也望着他。兩人都沒有説話，但這種情形，一望而知是他們兩人，正在憑眼色而傳遞心意。

我不禁大是好奇，兩人相識並沒有多久，怎麼就到了「眉目傳意」的程度了呢？

我竭力想在曹金福的眼神中，弄明白他向紅綾在傳送的是甚麼訊息，可是我卻無法了解。只是紅綾顯然明白了，她用力點了點頭，表示答應。

看了這種情形，我不禁大是感慨——利用眼神所傳送的訊息，可以説是一種「密碼」，除了當事人之外，外人很難明白。

這時，紅綾一看就明，我這個旁觀者就不明所以。

在紅綾點了頭之後，曹金福的手，就緊揑成拳，把那環揑在手中。他揑得極緊，指節骨凸起，那隻隨便一敲就可以在門上敲出一個大洞的拳頭，看來極強有力。

看到這裡，我自然也明白了，曹金福望向紅綾，是在向她要那隻催命環，

而紅綾立刻就答應了。

有這一打岔，我就沒有再去留意花五，而花五這時已開口說話，他正在說：「當時我一想到了催命環，心頭駭然，神情不免有點異樣——」

那催命環確能奪人性命，這一點，花五是早已知道的，幫主又命令他去盜盒，他自然有很異樣的悚然之感。金艾花目光銳利，立時問：「你知道那盒子的來歷？」

花五連氣都沒有換就回答：「不知道，幫主可知那是甚麼寶物？」

金艾花也立刻回答：「不知道——到手了，再慢慢來研究，嗯，來自陰間，這就夠吸引人的了！」

花五是老江湖，當然聽得出金艾花沒說實話。她就算不全知，也必然多少知道一些那盒子的來龍去脈。

所以他當時就想，反正不限時日，等東西到手之後，自己可以先好好研究一番，看那盒子是不是有甚麼特別的作用。若是也能奪人性命，那就是了不起

的武器了。

他當時就存下了這個叛幫之心。且時，他不必再去調查打聽，就知道亞洲之鷹羅開和我，衞斯理，都不是好惹的人物，所以他必須作好各方面的部署，其中之一，就是苦心孤詣，改變他自己的體型。

同時，他也通過一切途徑，了解我和羅開的行踪。我已經算是行踪飄忽的人了，但總還可以追踪得到，亞洲之鷹卻正式是神龍見首，要知道他的行踪，那是難上加難。那次試「古酒」的聚會，那怪人忽然取出了盒子來，說是受了亞洲之鷹所托，帶來給我的。花五那時恰好在場，一下子高興得人沒有昏了過去！

（五）靈魂和身體分離

花五講到這裡，我有點不耐煩：「你如何在我面前偷走那盒子，我們都知道，不必多說了吧！」

白老大道：「他就要說到他得了那盒子之後的事了，那是戲肉，不妨讓他慢慢說！」

我心中一動，心想白老大那樣說，可是知道花五得了那盒子之後，已有了重大的發現？

花五望向我：「老實說，我當時雖然知道那是千載難逢的良機，可是若不是連喝了三日三夜好酒，仗着酒意，也不敢在那麼多高手面前做手腳！」

我冷笑：「你就別謙虛了！」

花五吸了一口氣：「那盒子極重，我一到手，就貼肉放着，放在腰間，用袴帶把它勒緊。要把那麼重的東西帶在身上，這是唯一的方法，把那盒子帶來

的怪人，用的也是這個方法——我早就注意到他的腰間有重物，可是也想不到如此重！」

曹金福挪動了一下身子，發出了不耐煩的聲音。

花五的神情很古怪，想了一會，才道：「我第一時間回到住所，一路上，就有一種很是異樣的感覺，幌幌悠悠，像是人隨時可以……飄起來——不是會飛，而是會飄起來，浮在空中。我自小受過極嚴格的精神集中訓練，有這種恍惚的感覺，那是不可思議的事。」

花五這時所說的話，聽來像是更空洞，說的是他的一種感覺。但是卻並沒有人催促他，因為大家都明白，他所說的情形，十分重要，他忽然產生了這種身子「會飄浮」的感覺，一定和那隻盒子有關。

花五神情沉思：「我還以為，那是我酒喝多了，或是能得來全不費功夫，得了那隻盒子，心情太興奮了的緣故。回到家中，我洗了一個冷水澡，躺在床上，把那盒子放在心口，那盒子很重，我那時又瘦，壓得我肋骨生痛，但是我

不在意，我還把手放在盒子上，以肯定我已得了手，像是做夢一樣。這時，我那種飄飄然的感覺就更甚了。」

溫寶裕飛快地問了一句：「你的身子真的飄起來了？」

對於這個問題，花五居然很是認真地思索了一會，才道：「沒有。」靜了片刻，他才再說下去：「那盒子越壓越重，我實在承受不住了，就把它放到了一邊，只是用手壓着它，立刻，我就覺得那種要飄起來的感覺，減弱了不少，我也就知道——」

紅綾搶着道：「那種感覺，是那隻盒子帶給你的！」

花五緊抿着嘴，過了一會，他才道：「小姑娘，聽說你天上地下的知識，無有不知，為甚麼那盒子會使我有這種感覺？」

這時，差不多人人都看出，花五這老奸巨猾，正在玩弄狡獪，所以溫寶裕先叫了起來：「先別告訴他，別讓他討了便宜去！」

紅綾卻道：「不要緊——那盒子有一種力量，能和人的腦部活動起作用，

道理簡單得很。」

紅綾的說法，很有道理，可是卻甚麼具體的情形也沒有說出來。我知道紅綾不會弄虛作假，那一定是她也只對那盒子有一個概念，而沒有具體的認識之故。

花五眨了一會眼，沒有再問下去，繼續道：「我一想到，盒子和催命環有關連，剛才那種飄浮感，簡直就像是靈魂出竅！一想到這一點，出了一身冷汗，一躍而起，有好長一段時間，再也不敢去碰它！」

在那段時間裡，花五的心情也十分矛盾——是不是要把盒子已到手的事報告幫主呢？

但是人不為己，天誅地滅，花五雖然不知那盒子終究有甚麼奇妙的用途，但是一則，那是「從陰間來」的寶物，當然不是人間凡品。二則，他已知道崔三娘曾擁有過一枚神奇莫名，可以催命奪魂的催魂環。他也看出，盒中間的那個凹痕，和崔三娘的那隻環，大小吻合，可知兩者之間，可能有關係。

所以，花五明知隱瞞幫主，後果堪虞，他還是咬咬牙，決定自己把那盒子吞沒。同時，為了逃避追踪，他也開始增肥，把自己的外型，作徹底的改變。

不過，在這段時間中，最令他對那隻盒子着迷的是，每當他接近那盒子時，尤其是頭部接近那盒子時所產生的奇異感覺。

有一次，他把那盒子枕在頭下，正在出神間，忽然感到自己的身子，又飄浮了起來——那時，他由於體重的急劇增加，平日連行動都受到阻礙，走幾級樓梯，也會氣喘，所以那種飄浮之感，對他來說，就格外鮮明，容易有特殊的感受。

他閉目養神，享受着那種奇妙的感覺。可是他越來越感到，那不是一種「感覺」，而是他的身子，真的飄浮在半空之中！

一有了這樣的真實感，花五陡然睜開眼來。

花五在敍述到這裡時，自然而然，張大了口喘氣，神情駭然——由此可知他在睜開眼來之後，所看到的情形，很是駭人。

我忙問：「你見到了甚麼？」

花五仍然在喘氣，可是他卻一下子就用動作回答了我的問題——他用手指着自己的鼻尖，雖然他的手指在發抖，但是這個動作所傳達的訊息，卻人人明白：他睜開眼來，看到了他自己！

每一個人，都有通過反映而看到自己的經歷，那是一種極普通的現象，不足為奇，但是絕少有人，真正地看到過自己——不是通過反射，而是真的，實實在在地看到了自己。

那是一種奇特之極的現象。

我曾自己看到過自己。但是我想，我自己看到自己的情形，和花五不同。我的情形，是有一具複製儀器，無意之中，把我複製了出來，使我自己看到了自己（這件奇遇記述在「連鎖」、「願望猴神」兩個故事中。）而花五看到了他自己的情形，我一聽，就聯想到了那是靈魂和肉體的關係。也就是說，花五的靈魂，看到了花五的身體！

不妨略扯開一些，為了研究死亡、靈魂，為了探索生命的奧秘，有一批傑出的醫生，就自己工作崗位的方便，作出了深入的研究。

他們的研究方法，實際之至，着重搜集實例，而不作任何臆測。

他們訪問了大量「死而復生」的人。

所謂「死而復生」的人，是指病重，或傷重，已到了心臟停止跳動，呼吸停止的地步。雖然那可能只是幾秒鐘，或長到了一分鐘、兩分鐘，總之只是很短的時間，但是在理論上，在那短時間內，這個人是「死人」。

在一些情形之下，這一種「死人」的心臟又跳動了，呼吸又恢復了，生命繼續，他們又活回來了。

這種情形，並不罕見，在醫院中，經常都有這種「死人復活」的事發生。

於是研究者的課題便是「死亡後的情景」。訪問了大量的人，要他們敍述死亡之後的情形——看到了甚麼，感到了甚麼等等。

迄今，至少已有超過十本以上的著作，是記述着這些人親歷的死亡經歷。

令人吃驚，也令人感到極大興趣的是，所有「死而復生」的人，他們的經歷都大同小異，而且，都有一個模式，絕少例外。

根據近千個例子的歸納，人死亡之後情景的模式是「見到柔和的光」、「聽到悅耳的音樂」、「一切都詳和之至」。有的還「見到宮殿」，有的甚至「見到天使」。

大約有接近半數的「死而復生者」，他們看到了自己。有的分明自己還在病房中，看到醫護人員正在對自己進行搶救——有一些例子，主角在復生之後，可以詳細地把看到自己的情景描繪出來，例如醫護人員的一些特殊動作等等。

也有的可以看到自己意外受傷後的情景，看到正有人在搶救，也有能在復生之後，把一切情景說出來的。

這許多例子，除了證明靈魂的存在之外，更可以說明一點，那就是：在死亡剛一發生，靈魂甫一離開肉體之際，靈魂是可以看到自己的！

花五的所謂「看到自己」，當然是他的靈魂剎那間離開肉體時所發生的一種現象。

也就是說，那盒子，來自陰間的寶物，有使靈魂和肉體分離的功能。

本來，催命環有這樣的功能，那是毫無疑問的了——它能致人於死，正是由於它有使人靈魂離體之功——靈魂走了，人也就死了。

可是那盒子的功能，看起來比催命環還要奇妙——它能使人的靈魂和身體分開，可是不會造成死亡，花五的經歷證明了這一點！

一時之間，各人的想法雖然大同小異，但差別不會太遠，因為各人的神情，都很是駭異。我的奇怪想法，一向天馬行空，而且思路極快。

我立即聯想到的是：人的靈魂，是人腦部活動產生的記憶組，在離開了人體之後，以未知的方式存在，但如果它繼續運作的話，情形應和在人體中無異。所以一些根深蒂固的概念，也會在靈魂的思想運作中出現——很多人在死亡的瞬間見到光，聽到音樂，看到天使等等現象，自然都是原來記憶的延續或

擴展。

可是，「看到自己」這種現象，卻奇特之至，也值得研究之極。因為思想記憶組並沒有視覺器官，是通過甚麼樣的運作過程，才能「看到自己」？明白了這個運作過程，靈魂究竟以甚麼方式存在之謎，縱使不能完全揭開，也可以揭開一半了！

這可以說是靈魂學上的一大發現！

我一口氣想到這裡，才「啊」地一聲：「花先生，你是靈魂離體了！」

我的話一出口，立時有好幾個人表示附和，就算沒開口，如白老大，也可以看出，他深以為然。只有紅綾，卻一臉不解，大聲問：「甚麼叫『靈魂』？」

一時之間，沒有人回答她的問題。一來，這個問題確然不易回答。二來，大家只怕也以為就算解釋了，紅綾也不會懂。

但是，我卻知道，只要解釋了，紅綾一定會懂，她所不明的只是「靈魂」

這個專門名詞，並不是靈魂這種神秘現象——她非但懂，而且大有可能，懂得比我們更多。

所以我向各人作了一個手勢，要各人別打亂我的話，我準備回答她的問題。

在我的經歷之中，有很多次，接觸到靈魂，所以，我也形成了一套自己獨特的看法，在我以往的記述中，曾多次反覆地為我這套理論作過闡釋，這時再向紅綾説上一遍，自然並無困難。

我用最簡單的方式説給她聽：「人腦在活動之中，產生記憶，形成記憶組，人的一切活動，都聽命於這個記憶組，這個記憶組在人死亡之後，還能獨立存在，就稱之為『靈魂』，像黃四的靈魂，就從獨立遊離狀態而進了陳安安的腦部。也有一些情形下，記憶組也會離開人體，造成死亡，情況多變而複雜，至今人類只是作出假設，並沒有任何研究成績可言。」

在我説的時候，紅綾聽得極其用心，我一説完，她就點頭：「我明白

了！」

我充滿希望：「你可有進一步的補充？」

以她具有外星人的知識而論，她若是能有進一步的補充，那在靈魂的研究上，自然可以有大突破。

紅綾很是認真地想了一回，她的回答奇特之至，大出各人意料之外。她不說有，也不說沒有，而是說了這樣的一番話：「我想我還有一點了解，可是我卻無法說出來，因為我找不到把這些事說清楚的語言。」

一時之間，各人都靜了下來不出聲，紅綾問：「是我說錯了甚麼？」

白素忙愛憐地道：「不，你說得對，人類的語言，只能在人類知道的事情上使用。」

這也是我一再感嘆過的，有許多事，根本在人類知識範疇之外，人類自然無法使用本身的語言文字去表達：人類對靈魂一無所知，又怎會有語言去解釋靈魂？

這情形，就像唐朝人的語言和文字，儘管已夠豐富的了，但是也決計無法找出可以解釋彩色圖文傳真機原理的語文——那不在唐朝人的知識範疇之內。

靜了片刻，白老大問花五：「你認為你能實實在在看到自己，是那盒子的功用？」

花五並沒有多想，就道：「是！」

白老大神情極疑惑：「你第一次看到了自己，就想到了？經過的情形如何，你說詳細些！」

這時，白老大的神情和語氣，都有點緊張——不單是他，是人人都很緊張，緊張的原因是自然而然的，等一會再詳細解釋。只有紅綾例外，因為她的思想，是真正超然物外的。

第一次，花五感到自己的身子飄浮了起來，接着就看到了自己，他着實大吃了一驚——很奇怪，他立即想到的就是自己死了，靈魂離開了身體，死亡的恐懼令得他不由自主，大叫了一聲。

而且，在大叫的時候，他實實在在，雙臂向上舉起來，以表達心中的恐懼。

可是他看到仰躺着的自己，口並沒有張開，雙臂也沒有任何動作。

他更加吃驚，就在他要發出第二下叫聲之前，他就覺得身子陡然下沉，接着，就發出了第二下叫聲，整個人，也由躺着而變成坐了起來。

坐起來之後，他又看到了自己——但那和剛才的情形，大不相同，他坐起身子之後，在不遠處的一面穿衣鏡中看到了自己，滿面驚駭，全是汗珠，他一驚之下，身子向後一仰，重又睡倒。

這一下動作太急了些，他的後腦，「砰」地一聲，撞在那盒子之上，一陣劇痛，使他再度坐起。他用手向後腦摸去，已經腫起了一個大包。

他一面搓揉着那個大包，一面就想到了，剛才的那種怪異的現象，一定是由於枕住了那隻盒子而形成的——他一點也不知道何以會如此，但知道是由於那盒子的緣故。

而且，他也知道，當身體的其他部分和這盒子有接觸，就會有飄浮之感，那是靈魂要離開身體的一種感覺。

而當頭部接觸到那盒子的時候，就不單是感覺，而是靈魂真的可以離開身體——不然，絕無法自己可以看到自己！

花五一有了這樣的發現，剎那之間，心頭不知是甚麼滋味！

靈魂可以離開身體，這是一種人類一直在追求的神通，是人類一直在渴望能得到的超特能力！

尤其是道家的修煉成仙的過程之中，煉成「元嬰」、「元神」，使元神隨時可以離開身體，稱之為「神遊」。到了這一境界，已經是神仙境界了，不知要經過多少機緣巧合，苦苦修煉，才能達到這一地步！

佛家也有同樣的神通修行過程，一些密宗高僧，窮畢生之力，經數十年之靜修，才有極少數可以達到這種境界，也就成了活佛！

可是，花五只是頭枕在那盒子上，就可以達到這個目的，這是何等的幸

運！

人人（自白老大以次，紅綾除外）都神情緊張，就是為此——因為這種神通，非同小可，是生命的一大突破，而且，可以進展到甚麼程度的前景，誰也不知道！說不定就此勘破了生命奧秘，揭穿了死亡的面目！

花五自然也知道各人緊張的原因，所以他吸了一口氣，舉了舉手，表示他所說的話，字字屬實，並無虛言。

他道：「我只有一次這樣的經歷，我知道是那盒子的功用，不過我卻不敢再試！」

各人都不出聲，因為都料到了花五「不敢再試」的原因。花五苦笑着：「人人都想有『神遊』的神通，可是我也怕……怕靈魂離體之後，回不到身體中去……不知道那會是甚麼樣的情景！那太不……可測了……」

太不可測了！

花五的恐懼，自然大有來由。就是因為不知道靈魂若是回不了身體，會是

一種甚麼樣的情形，太不可測了！

（「靈魂回到身體裡面」這個動作過程，有一個專門名詞：「歸竅」。和「歸竅」相對的是「出竅」。道家和佛家，對靈魂和身體分離的現象很是重視，在超過一千年的研究過程之中，早已形成了一套有系統的理論和不少專門名詞。）

（只是可惜的是，具體的情形如何，依然玄之又玄。例如「出竅」、「歸竅」這樣的名詞，都說明有一處所在叫「竅」，可是那是甚麼樣的一個存在呢？像耳孔鼻孔一樣的一個孔，可供靈魂外出和回歸？還是只是一種象徵式的存在？它又在人體的哪一部分？全都不知道。）

（不過那一整套理論和玄之又玄的修煉方法，卻是功不可沒，因為它十分肯定地，確認有靈魂的存在。）

（功不可沒和有趣的是，直到如今，還有人為是不是究竟有靈魂存在而爭辯不休！）

既然絕無把握使靈魂可在身體之中出入自如，那麼，偶然在那盒子的影響之下，發生了一次離體現象，僥倖在極度的驚恐之中，又莫名其妙地歸了竅，那只可以算是意外的歷險。

要再冒着大危險，去試上一次，那非得有大勇氣不可，花五可不是有那樣大勇氣的人，所以，他雖然一直擁有那盒子，只是再也不曾試過，很可以理解。

白老大冷冷地道：「你是不敢！」

花五承認：「是，我不敢！」

白老大一聲悶哼：「那你就別佔着屎坑不拉屎——把那盒子拿出來，讓敢試的人去試！」

花五自然也早已料到白老大會這樣說，看來他也早已想好了應付的方法。

他涎着臉：「老大，我知道有人敢試，可是……可是我……卻為自己……也有一番打算！」

白老大一字一頓：「把盒子拿出來，那有你討價還價的餘地！」

花五緊抿着嘴，過了一會，才道：「不照我的條件，打死我，我也不會說出那盒子藏在何處！」

白老大大怒，一揚拳，花五一副豁出去的神情，索性閉上了眼。

白素拉了一下白老大的衣袖，沉聲問：「你的條件是甚麼？先說來聽聽！」

花五一翻眼：「我的條件一說出來，只能全部依准，可不能漫天開價，落地還錢！」

這一句話，惱了昔年的武林大豪祖天開，他發出了一下吼叫聲：「賊娘養的，偷了別人東西還口硬，看我今天剁你十隻手指，明天切你十隻腳趾，後天剖了你的兩隻耳朵，大後天你拿不拿出來？」

祖天開一發話，曹金福立刻有了行動，一步跨過，左手一伸，向花五的肩頭就抓，花五揚手來格，一下子沒格開，已給曹金福抓住了肩頭，直提了起

來。

花五發出一下尖叫聲，揮手便以雙指去攻曹金福的雙眼，可是曹金福的動作快絕，一抬手，五隻手指，已叉進了花五的五指之間。

在這樣的情形之下，誰的氣力大，只要發力反扨，氣力不逮的一方，就必然五指齊根斷折。

而十個花五，氣力也未必及得上一個曹金福，所以花五處於極度劣勢，再也明白不過！

（六）這樣的日子不好過

花五的胖臉煞白，可是神情卻傯賴無比，分明擺出了一副任你如何折磨，我都不會改變主意的神態。

曹金福武學造詣高，一出手就佔了上風，但是他卻不是心狠手辣的人，制住了花五，看到了花五這種樣子，反倒不知如何才好了。

白老大皺着眉，向曹金福揮了揮手，曹金福無可奈何，只好鬆開了手，粗聲粗氣地呼吸着，退開了一步，沉聲道：「你偷走的那盒子，和我的血海深仇有關，你不拿出來，我決不會放過你！」

那盒子和曹金福的「血海深仇」，確然大有關係。但由於事情實在太複雜神秘，有的究竟是甚麼關係，卻是誰也説不上來。

誰知道花五一聽，雙眼一翻，竟然一指紅綾：「這小姑娘項間所掛的環，就是昔年崔三娘的催命環，和你的血海深仇，更有莫大的關係！」

他這話一出口，幾乎所有的人，都大吃一驚——各人吃驚的理由不同，但都有吃驚的理由。

最吃驚的自然是曹金福了！

剛才，紅綾無意之中，在把玩那環時，曹金福已基於直覺，盯着她看，神情大是怪異。這時，他陡然張大了口，但是卻沒有發出聲響，雙眼睜得極大，望向紅綾，神情複雜之至。

好個紅綾，她是立刻就有了反應的，但是為了記述一下其餘人聽了花五的話之後的情形，所以擱一擱再說。

我和白素的反應相同，心中怒罵花五卑鄙，竟然企圖挑撥青年人之間的感情，白老大在剎那間，有憤怒的神情，想法多半和我們一樣。

溫寶裕「啊」地一聲，顯然是他對「催命環」這東西，感到了極度的興趣。而祖天開則在震動了一下之後，長長地嘆了一聲，那是想起了往事之後，必然產生的感慨！

好了，現在說紅綾的反應，紅綾的反應快絕，曹金福的眼光還沒有射向她，她已經把那環取了出來，連鍊子和那塊琥珀一起，向曹金福遞了過去。曹金福怔了一怔，立即伸出大手，接了過來，再望向紅綾的眼光，也就充滿了感激。

紅綾的反應，如此自然又如此之快，流露了她的真誠，很簡單的動作，但是卻比千言萬語更令人明白——最明白的當然是曹金福，他知道紅綾向他表示，只要事情和他的血海深仇有關，她都會毫不猶豫，全力支持。

白老大看到了這樣的情形，怒容頓消，哈哈一笑，伸手在花五的頭上，極快地拍了一下：「老五，枉作小人了啊，哈哈！」

花五的反應也很怪，他固然很是尷尬，可是更多垂涎欲滴的貪婪，竟至於不由自主，吞了一口口水！

看這情形，分明是他極想得到那環！

這令我心中一動：是不是花五已掌握到了甚麼秘密，知道環和盒如果配在

一起，可以起到甚麼特殊的作用？

當時，我和白素互望了一眼，白素向我略點了點頭，表示她也有同樣的想法。

這時，曹金福在把那環和琥珀，一起在手中緊捏了片刻之後，已攤開手來，把東西還給了紅綾。紅綾也沒有客氣，就收了回來，再掛在項間。

她和曹金福之間並沒有推來推去，要對方收下，這正合我心意，也表示了兩人之間，無分彼此的融洽。

我叫了她一聲：「小心了，有人眼紅得很，只怕又會下手偷！」

紅綾大笑：「好，只管來！」

花五神情木然，像是根本不知道我是在說他。

經過了這一番小波折，白素又問：「你的條件是甚麼，請說！」

白素為人溫文，在這樣情形下，她對花五說話，仍然很是客氣。

花五吸了一口氣：「先要知道，誰有這勇氣去經歷靈魂離體？」

他這句話一出口，又令得各人都怔了一怔。

首先，我看到曹金福張大了口，可是那一個「我」字，卻未聞他吐出口來。他立時解釋：「我不是不敢，只是大仇未報，我可不想變成了孤魂野鬼！」

靈魂離體之後，可能回不了身子，曹金福的顧慮，很有道理，他倒也不是一味衝動的。

白老大接着道：「我！」

白素大聲道：「爹，為甚麼是你？」

白老大呵呵笑：「我最老，離鬼途也最近，就算回不來，又怕甚麼？」

他説到「就算回不來」之際，伸手拍着自己的胸口，豪氣干雲。

白素沒有叫白老大別去，我已搶着道：「我去。我曾到過陰間。」

白素深吸了一口氣：「我有一個極佳的人選。」

各人都很奇怪，不知白素會推薦甚麼人，去經歷那麼危險的事。因之各人

自然而然，向白素望去。我相信我是最早把視線投向白素的人，所以我首先看到了一個十分奇特的景象。

我看到的是，白素在一說出了那句話之後，竟然現出了一絲後悔的神情，像是剛才那句話，是她未曾經過深思熟慮，衝口而出的！

這種情形，若是發生在我的身上，那絕不足為奇，而且經常如此。可是白素鎮定、冷靜，絕少有一時衝動而說話的情形！

是以，我自然而然，揚了揚眉，恰好在這時，白素也向我望來。

我和白素之間，幾乎已到了「心靈相通」的地步，隨便一個小小的動作，就可以知道對方想傳送的是甚麼訊息。所以白素一看到揚眉，就立刻可以知道我在問她：何以如此？

她卻沒有直接回答我的問題，而是向我反問，她斜睨了花五一下，又牽了一下口角，模樣看來，很是動人。

我也知道她在問我：「照你看，花五來這裡，承認了是他偷走了那隻盒子

的，目的是甚麼？」

這一問，可將我問住了，因為我沒有想到過會有這樣的問題。

花五是被白老大的一個電話逼來的。他到了之後，白老大咄咄逼人，使他不能不承認偷了盒子，這是事情發生的經過。

也就是說，花五在這裡出現，全是被動的，白素卻問他來此有何目的，這個問題豈非根本不能成立？

可是白素這樣問，自然有她自己的意思在。她的意思是，花五表面上來看，是被白老大喝令前來的，但實際上，他懷有目的，利用了目前的情形，白老大和我們，反倒被他利用了！

有這個可能嗎？

觀乎他出現之後，一副可憐、害怕的樣子，似乎又不像，可是一等到要他拿那盒子出來，他卻又態度強硬，人人都奈何他不得，反倒被他佔了上風！

一想到這一點，我不禁暗自佩服白素的觀察能力之強。同時，也開始認真

思索白素的這個問題：花五的目的是甚麼呢？

一開始，我思緒紊亂之極，一點線索都整理不出。但是，我立即想到，一切關鍵，全在於那隻盒子！

當我想到了這一點時，我聽得幾個人在問白素，所謂「極佳人選」是甚麼人，但白素沒有回答。

我和白素對望着，迅速思索。

那盒子，花五在得到了那盒子之後，只知道了它有使人靈魂離體的功能——這些年來，他只有一次這樣的經歷，他不敢再試，因為他一無所知，害怕會有不可測的結果。

這一段日子，對於本性貪婪的花五來說，一定是痛苦之極的歷程——他明知在自己手中的是從陰間來的寶物，可以憑藉它參透生命的奧秘，可以使人的靈魂和身體分離，可以使他變成近乎「神仙」一樣的異人！

可是，他卻不知道如何使用，不知道如何發揮這寶物的功能！

這等於一個擁有巨額財富的人，可是卻無法使用一樣，甚至比根本甚麼也沒有，更加難過！

自然，他可以通過自己不斷實驗，去弄明白那盒子的功用，可是他又不敢！

在這樣的情形下，最理想的，自然是通過其他途徑，使他明白那盒子的秘密，那樣，他就可以不必冒險，就安心使用這寶物了！

可惜，這種「理想」，只是「如意算盤」，沒有實現的可能，但是白老大的電話，卻替他製造了機會！猜想他在才一接到白老大的電話時，他確然曾害怕過。但是他為人機靈，立即想到，我們這裡，有那麼多出色的人聚集在一起，若是說在這裡聚集的那些人，不能解開那陰間寶物之謎，那麼，也沒有甚麼場合，再有這可能了！

當他想到這一點的時候，就是他決定利用我們的時候了——而一切都照他的利用計劃在進行。若是白素提出的那個「理想人選」，去接受那盒子的靈魂

出竅功能的測試，自然對了解那盒子的奧秘，大有幫助。而一切都要按照花五的條件進行，他自然就是唯一的得益人了！

我心念電轉，豁然貫通，不由得在心中叫了一聲「好險」！若不是白素的細心，就被花五利用，陰溝裡翻船了！

我相信白素也是在說出了她有「理想人選」之後，才電光石火般想到了這一切的！

我記述我的思路歷程，化了不少文字，但實際上，那只是腦際靈光一閃，一剎那間的事，在我和白素目光接觸時，已經完成，所以幾乎是在白素說了她有「理想人選」之後的一秒鐘之內，我已叫了出來：「別說！」

我已經叫得夠大聲的了，可是我的叫聲，卻給一個宏亮的聲音蓋了下去。那宏亮的聲音叫的也是那兩個字：「別說！」

白老大和我同時叫白素別說！

他剛才還以他年紀最老為由，要去赴險，這時卻和我同時叫白素「別

說」，可知也在那極短的時間內，他也洞悉了花五的陰謀！

我不禁大是嘆服，我之忽然想到，是出自白素眼色的暗示。但白老大卻是自己想到的，可知他雖然年事已高，可是腦部運作，還處在佳妙之極的狀態！

我這時向他望去，用眼色表示佩服，白老大向我一笑。這時，其餘人各有不明的神情，花五的面色變了一變。白老大向花五一指：「你去吧，那盒子雖是你偷小衛的，不過我相信他不會再向你追究——」

說到這裡，白老大向我望來：「是不是？」

我立時應聲道：「太對了！花先生，你只管保留那盒子，不過要小心些，一來，金取幫幫主不會放過你。二來，那盒子確是陰間寶物，可以解開生命奧秘之謎。」

我的話一出口，各人的反應有趣極了，白素和白老大微笑不語，花五神情尷尬之極，其餘人大惑不解，不明白我何以如此大方。曹金福卻急得漲紅了臉，紅綾最奇特，一副無所謂的樣子。

（後來我問紅綾：你明白我說要把那盒子送給花五的原因嗎？）

（紅綾的回答更妙，她道：不明白，人和人之間的勾心鬥角太複雜了。但是我知道你那樣說了，一定有道理，所以我不必去關心是為了甚麼！）

（紅綾的話，令我感慨良久。）

我和白老大一起向花五揮手：「你可以走了！」

剛才花五還氣高趾揚，佔着上風，一下子，情形卻完全改觀了！

各人在這時，也明白了我和白老大的意思，小郭衝着花五一笑：「放心，我也不會再跟踪你了！」

小郭自從被花五稱為「笨偵探」之後，一直憋住了氣不出聲，直到這時，才算是出了一口氣。

只有曹金福，仍然很是緊張，他向我望來，我向他作了一個「請放心」的手勢。同時，也知道他何以緊張，因為那盒子，很可能和他的「血海深仇」有關！

紅綾俯身過去，安慰曹金福：「別急，那盒子，他很快就會乖乖拿出來了！」

花五還在最後掙扎：「衞夫人剛才說有一個適當人選，那一定是適當的，不知那人是——」

溫寶裕接上了口：「那人姓花名旦，排行五，就是閣下你自己！」

花五苦笑了一下，望向各人，但是他所接觸到的目光，沒有一絲友善，他嘆了一聲，站了起來，轉過身，向門口走去！

他竟然真的會離去，這一點，也頗出意料，我向白老大望去，白老大揚了揚眉，示意稍等一會。花五走到了門口，並不轉身，大聲道：「其實我們可以合作的！」

我們不約而同，都不去理睬他，我提出了一個問題：「催命環會失效，那盒子的功用，不知道是不是還在？」

溫寶裕機靈，立時明白了我的意思：「要知道答案，太容易了，一試便

知！」

小郭笑：「怕只怕功用還在，一試之下，魂魄離體，卻又不知後果如何！」

溫寶裕接口得合拍之至：「可憐從此三魂悠悠，七魄蕩蕩，不知依歸何處，慘絕人寰！」

小郭一搭一擋：「是啊，雖然寶物在身，可是一無用處，還要被幫主追究，這種日子，真是無趣得緊！」

溫寶裕道：「豈止無趣，簡直可怖——」

他們兩人你一句我一句，講到這裡，花五已叫了起來：「我投降了！」

他一面叫，一面已轉過身來。

白老大冷冷地道：「戰場上有一句術語，叫『繳械不死』！」

花五又呆了片刻，白老大恩威並施：「有了好處，決不會少了你的一份，你沒聽黃老四說嗎？我們全老了，要勘破生死的奧秘，非得借助陰間的寶物不

可！」

花五嘆了一聲：「不是我自私，挾寶自重，實在是人心難測，如今有了老大這句話，我就放心了！」

花五的這幾句話，人人都聽得懂是甚麼意思，只有紅綾，她對人情世故，一竅不通，十分奇訝：「何以有了老大的這句話，你就放心了！」

花五再嘆一聲：「小姑娘，你不知道人心有多壞！」

紅綾更是大大不以為然，大搖其頭：「你胡說！爸爸很好，媽媽很好，媽媽的爸爸很好，曹大哥很好，小寶很好，人人都很好，只有你一個……」

她猶豫了一下，倒也沒有說花五不好，只是做了一個古裡古怪的鬼臉，隨即向我望來，徵詢我的意見，她是不是說得對。

我樂得「呵呵」大笑：「說得好！孩子，世上有好人有壞人，但總是好人多，像我們這裡那麼多人，就只有一個是壞人！」

我說着，把嘴向花五呶了呶，也做了一個和她剛才一樣的怪臉，紅綾也笑

起來。花五在我們的嘲弄之下，尷尬之至，他大聲抗辯：「像三老太婆，一見面就把她那失了效催命環給了你，小姑娘，她老人家可也沒安了甚麼好心，你知道麼？」

紅綾呆了一呆，伸手隔着衣服，捏住了那環，答不上來。這個問題，別說是紅綾，連我也答不上來。非但是我，只怕連白老大已莫名其妙——當晚白老大就曾自言自語：崔三娘為甚麼對我外孫女那麼好？

本來，已單等花五取那盒子出來的了，可是卻又橫生出了一些枝節來，一時之間，果然沒有人知道崔三娘把那環給了紅綾安的是甚麼心。

花五總算挽回了一些面子，他提高了聲音：「這老賊婆深謀遠慮，工於心計，她一見白老大的外孫女，就把那環給她，第一是嫁禍！」

白老大冷笑：「何禍之有？」

花五「哼」了一聲：「當年死在這環手下的人，都有後代，雖然事隔多年，不過上代的仇恨，不會忘記！」

這一句話，大大打入曹金福的心坎，他立時道：「是，上代的仇，不會忘記，也不能忘記！」

花五一揚眉：「小朋友，你和這環，也有點過節吧？」

曹金福聲音宏亮激奮，每一個字，都如同打響了一個旱雷，可是他所說的話，卻條理分明之至：「是，我和曾用這環的人有血海深仇！但那人是陰差，不是崔三娘，更不是紅綾姑娘！」

我和白素齊聲喝采：「好！」

花五「嗯」了一聲：「小朋友你是明白人，但難保有糊塗人，會把賬算在小姑娘身上！」

白老大霸氣豪義老而更甚，他曾說過，但從來也不屑解釋誤會，所以一聽花五這樣說，他一聲長笑：「就讓它算在小姑娘的身上好了！」

我心中吃了一驚，因為「把賬算在小姑娘身上」這種情形，雖然發生的可能性極少，但也不應該不由分說，就任由發生。

但這時，我自然沒有道理去替白老大的豪興打折口。紅綾很有興趣地問：「第二點呢？」

花五道：「她早知那環，和一隻盒子配合，曾經要求我替她留意，那是在環已失去了奪命的功能之後的事。她來找我的理由，是由於金取幫精於竊盜，對天下寶物的來龍去脈，知之甚詳的緣故。」

花本的這一番話一出口，各人都靜了一靜，一時之間，不明白他這樣說，是甚麼意思。

紅綾先提出了問題：「那和她第二點不安好心，又有甚麼關係？」

花五一揚手：「當年品酒大會，鼎鼎大名的衞斯理，眼睜睜地失去了陰間寶盒一事，江湖上早已人盡皆知！」

花五不愧是一個厲害腳色，在這樣的情形之下，仍然不肯放過機會，一有可能，就損了我幾句。

我悶哼一聲：「說得是，只因為那賊的手段太高！」

花五一點不以我稱他為「賊」而生氣，反倒笑嘻嘻地道：「過獎了！」

我又是好氣，又是好笑——花五是金取幫的高手，金取幫擺明車馬，以盜竊為宗旨，我罵他一聲賊，他怎麼會生氣！

花五接着道：「江湖上也知道，衞斯理雖然失去了那盒子，但遲早會追得回來的！」

他才損了我一句，這時又捧了我一句，我沒有去理睬他，他再分析崔三娘的用意：「所以，崔三娘一見紅綾是衞斯理的女兒，就以環相贈。她的意思是：盒既然遲早到衞斯理之手，那麼，環盒合一的機會也就極高！」

紅綾仍然不明：「那怎算不安好心？」

紅綾的問題，也是各人心中的疑問，花五立時有了令人心驚的回答：「誰知道環、盒合一之後，會有甚麼事發生？說不定那環在盒中取得了力量，又有了收魂奪命之功效，那麼，衞斯理的全家，都要遭殃！」

花五的話，聽來駭人之至，可是卻也不能說是全然危言聳聽，因為有太多

不可測，不可知的因素在，他的推測，自然也是在一片迷霧之中有可能出現的情形之一！

一時之間，各人都靜了下來，過了大約有七八秒鐘，白老大才道：「你把那盒子拿出來吧！」

多半是有了白老大剛才在言語上的保證，所以這一次，白老大一說，花五立即高聲答應，動作俐落之至，只見他轉過了身去，背對着眾人，也未見他雙手有甚麼動作，但轉過身來時，雙手已捧着那隻盒子。

自當年品酒會上一見，直到今天，我總算才又和這盒子重逢。而曹金福當日，雖然也在品酒會上，可是他卻因不勝酒力睡着了，所以並沒有見過這從陰間來的寶盒。

（七）和陰間通消息

盒子一取出來，眾人的視線，自然都集中在它的身上。那盒子在外表看來，實在平平無奇（那隻環也一樣。「陰間三寶」之中，外形最突出的，是那面「許願寶鏡」），花五捧着它，走前一步，把盒子放在几上，打開了盒蓋，讓大家看。

那盒子打開之後，盒中是一個環形的凹痕，恰好可以放得下那隻環。

那麼重的一隻盒子（至少有十公斤），花五竟一直藏在身上。而且，他藏着那隻盒子的時候，一點也看不出來，更不知他藏在身上哪一處，一下子就取了出來，這份本領，也就夠玄的了。

不過白老大顯然是早知道的，他曾諷刺過花五「也不怕重」——在花五撒賴之際，他沒有出手強奪，那是為了顧全身分，一定要像現在那樣，由花五自己取出來，這樣才顯得行事漂亮。

以前的江湖人物，作風自有一定的氣派，絕非只問目的，不擇手段的。花五取出了盒子之後，約有十秒鐘，人人都盯着那盒子看，可是看來看去，那只是一隻普通的盒子，看不出甚麼奧妙來。

自然，那盒子極重，但重量是看不出來的，溫寶裕吸了一口氣，首先出手，去取那盒子，他要咬了咬牙，才能把盒子取起來，他拿在手中看了一回，遞給了身邊的曹金福，曹金福接盒子時的神情，很是激動，咬牙切齒，額上的筋，都綻了起來。

他雙手捧着盒子，口唇掀動，喃喃自語了一回，像是在祝禱甚麼。

然後，他將盒子遞給了我。我早在品酒會上已見過，所以立刻把它交給了白素。白素看了一會，才又傳了開去，每一個人，在盒子一上手之際，都毫無例外，現出驚訝的神情，因為它實在太重了！

忽然之間，我看到紅綾，她不知在甚麼時候，走得相當遠，在屋子的一角。我感到奇怪，想開口叫她，可是才一張口，白素就拉住了我的手。我向她

看去，看到她望着紅綾，全神貫注。

顯然，白素注意紅綾比我早，她早看出了紅綾的行為有點異常，她不讓我出聲，是怕打擾了紅綾。那麼，紅綾在做甚麼呢？

紅綾在客廳的一角，背靠着牆，站在那裡不動，可是神情卻很是緊張，她雙眼目光炯炯，盯着那隻盒子——可能已盯了很久了，在她的眼光和那盒子之間，像是已有了某種實質上的聯繫。

這時，盒子正由白老大處，交到了小郭的手中。白老大在交出盒子前，曾將盒子向上一拋，拋高了少許，再伸手把盒子接往——由於盒子重，他雖然接住了，可是身子也不禁向前傾了一下。

盒子到了小郭手中，小郭吸了一口氣，他想一隻手拿盒子，另一隻手伸手入袋，要去取東西。

我知道他的習慣——有不知名的東西到手，他一定要盡可能弄個清楚。而在他的身邊，也確然帶着不少精密的微型檢查儀器。

他這時，一定是想取出其中的一件檢試儀器來，所以必須騰出一隻手來。他卻未曾料到，那盒子實在太重了，他兩隻手捧着，尚且吃力，只用一隻手，一個抓不住，那盒子便跌倒了地上。

自從花五取出了盒子之後，打開盒蓋，盒子在各人之間傳來傳去，也就一直是打開蓋子的狀態。這時跌到了地上，發出了一下重物墮地的聲音之後，盒子的蓋子，仍然打開着。

小郭的第一個反應，自然是立時俯身想去把它拿起來，也就在這時，忽然聽得紅綾急叫一聲：「別碰它！」

紅綾的聲音很是宏亮，這一下陡喝又來得突兀之極，所以一時之間，人人都為之一怔，小郭立刻停止了動作，他半俯着身，看來很是怪異。

各人在一怔之後，自然而然的反應，是向紅綾望去。我和白素，一直在注意紅綾的行動，所以也比各人早一點把視線投向她。可是我們也不知道她在甚麼時候，已把崔三娘給她的那隻環，握在手中。

紅綾那時的情形，當真是怪異莫名，她緊咬着牙，臉也開始漲得通紅，那隻環，她握在右手，而她的左手，又握住了右手的手腕。

在她的四周三公尺之內，沒有任何人（她已退到了客廳的一角），可是她的樣子，卻分明顯示她正和一股極強大的力量在角力！

我和白素一看到這種情形，自然知道有極不尋常的事發生在她的身上了，可是卻一點也沒有頭緒那會是甚麼性質的事。

而就在那一剎間，還不待各人問紅綾發生了甚麼事，事情又有了變化。

我相信人人都想向紅綾問，發生了甚麼事，可是事情突然又有了變化，自然有一股力量，使人氣為之窒，當然也問不出來了！

只見紅綾在「角力」之中，分明落了下風，她竟然腳步一個踉蹌，向前跌出了一步，臉也漲得更紅，連脖子都粗了，太陽穴上，青筋暴綻，樣子看來很是駭人，一看就知道她正用盡了氣力在苦苦支撐——怪異之處是，我們都不知道她究竟和甚麼力量在對峙。

我不禁心頭狂跳——紅綾這女野人，力大無窮，這是我素知的，溫寶裕的令堂大人，體重超過一百五十公斤，給她一下子當作吹氣人抱了起來。

可是如今，她卻不知在和甚麼力量對峙，也竟然支撐不住！

說時遲，那時快，紅綾在向前跌出了一步之後，略一吸氣，再向前跌出了一步，看來在她的身前有甚麼巨大的力量，正在拉扯她，令她站立不穩。

而她的臉也漲得更紅，叫人看了心痛之至！

我首先大叫了一聲，連我自己也很意外，在這樣的緊要關頭，我發出的，並不是沒有意義的呼叫聲，我叫的是：「金福！」

在那剎間，我的思緒紊亂之至，根本不知道自己該想甚麼才好，時間也不允許我去細想。我只是看出，紅綾在「角力」中要失敗了，而我不想她失敗，她需要一個氣力大的人幫助——循這個思路想下來，自然就想到了曹金福這個大力士，所以才脫口叫了出來。

別看曹金福這大個子愣頭愣腦的，這時還真不含糊，我才一叫，他就像猛

虎出柙一樣，帶起一股勁風，「呼」地撲了過去，一下子就到了紅綾的身後。

這時，紅綾又已向前跌出了半步，而曹金福一到了紅綾的身後，雙臂一伸，已把紅綾攔腰抱住。只見他沉腰坐馬，宛若一根鐵樁也似，釘在地上，立時將紅綾向前跌出之勢阻住。

可是接下來的情形，也夠叫人吃驚的，曹金福加入了「戰團」，雖然有好而直到這時，我們竟然無法知道，他們是和甚麼力量在對抗！轉，可是頃刻之間，曹金福臉也開始發紅，可見他也正用全力在應付。

而接下來的情形，更是怵目驚心，紅綾本來是左手緊握住右腕的，這時，她身形穩住了，不再跌向前，可是她的左手，卻難以抓住右腕，以致她的右臂，睜脫了左手，直勾勾地向前伸出。

這時，我已經看出來了，和紅綾對峙的力量，來自她的右手之中！

她的右手中，握着那枚環！

一定是那枚環上發出巨大的力量，要把她拉向前去！

我的推測，立刻就得到了證實，只見紅綾緊握着的右拳，也握不住了，她的五隻手指，正在漸漸鬆開來，現出了那環來。

紅綾顯然不甘心失敗，她用中指和食指，緊勾住了那環，不讓它脫手而出，以致令她的指節骨，發出了可怕的「格格」聲來。

就在那時，我和白素、白老大，可能還有別人，一起叫了起來：「放手！」

紅綾還不肯放手，可是看來她再不放手，縱使不致於整條手臂被扯斷，斷指之禍，必不可免！

白素在和各人一起叫了一聲之後，又再大叫：「放手！放手！」

紅綾也發出了一聲大叫，手指鬆開，那環以極高的速度，脫手飛出，竟如子彈射出了鎗口一樣，發出了「噓」地一下破空之聲，以向下傾斜三十度的角度，直射向仍然半彎着身子的小郭郭大偵探！

這種突如其來的變故，把所有人都嚇呆了。紅綾和曹金福兩人離小郭遠，

沒有話說。離小郭近的各人，都是在武學上有極高造詣的高手，反應身手，都極靈敏，可是在那電光石火之間，也都無法作出任何行動。

我在那不到百分之一秒的時間之中，全身血液如同停止流通，不能有任何動作，可是腦部活動卻仍然在進行——可笑和可怪的是，也不受控制了，在那剎間，我所想到的，竟然是物理學上物體運動的速度和力的關係。

物體的運動速度和力成正比——速度越高，力也越大。用手拋出一顆子彈，難以洞穿一塊木板，但通過鎗管中的來復線，高速射出，就可以射穿鐵板。

我也想到，物體的本身，重量越重，所產生的力道也越大，那隻環極重，重得異乎尋常，所以在這樣高速的行進中，所產生的衝擊力之大，也必然非同小可，郭大偵探的血肉之軀，被那環急速撞上去，會形成甚麼可怕的後果，可想而知！

這時候，我實在是連閉上眼睛的時間都沒有，不然，一定會閉上眼睛，不

忍看小郭粉身碎骨，血肉橫飛的慘象！

在那極短的時間中，最鎮定、最不知害怕的，反倒是小郭本身。他在事後說：「我根本不知道發生了甚麼事，耳中聽得呼嘯聲，一股大力壓了過來，連氣也透不過，眼前已一陣發黑，還沒等到定過神來，一切都已過去了！」

是的，一切發生得快絕，那環脫離了紅綾的手，激射而出，各人的心向上一提，眼看那環射向小郭，眼前一花，卻也聽得「叮」地一聲，那環在小郭的身前掠過，射開那隻盒子，不偏不倚，齊齊正正，落入了盒中的那個環形的凹痕之中！

原來環是射向那盒子，不是射向小郭的！

當時，由於一切都發生得太突然了，所以不及細想。後來細想一想，郭大偵探也不禁出了一身冷汗，覺得情形實在是危險之至，堪稱九死一生！

因為盒子一落地，他俯身去拾，身子彎到一半，就被紅綾喝止，沒有再彎下去，若是他再彎得多些，那環必然撞中他，穿過他的腦袋，才落入盒中，郭

大偵探自然再難在人間風光了！

突兀的變化，接踵而來，環落進了盒子，那「叮」的一聲，猶自悠悠在耳，盒蓋陡然一跳，「拍」地一聲合上，把那環裝進了盒中。

那環和盒，本是聯在一起的，這一點大家都知道，但是環和盒，在近距離出現，會有那樣古怪的變化，那是人人都料不到的事，盒蓋會自動蓋上，當然也怪異之至，人人一顆心剛往回沉。又聽得紅綾大叫一聲：「別動！」

隨着她的叫聲，人影一晃，紅綾已經一躍向前，來到了盒子之前，雙手齊伸，把盒子捧了起來。

她捧盒子的手勢相當奇怪，雙手手心，貼着扁平盒子的兩面，看起來是把盒子夾在手心之中。

而且，她的神情，也很是怪異，她眉心打結，像是正在思索甚麼深奧的問題。

一看到這種情形，我首先大吃了一驚——我明知那盒，那環，都能和人的

腦部活動起作用，那環甚至還能奪魂取命。看紅綾，像是正和那盒環有了腦部活動的聯繫，誰知道是吉是凶，我第一個念頭是：必須制止！

所以我疾聲叫：「紅綾，放下它！」

紅綾雖然極其入神，可是我一叫，她也立刻有了反應，她抬眼向我望來，雖然沒有說甚麼，可是眼神之中，表示了充份的自信，也傳達着叫我別害怕的訊息。

這時，不單是我緊張，白素伸手過來，按住了我的手背，手也是冰涼的。我們夫妻二人，一生之中不知經過了多少大風大浪，單是為了這個女兒，也經歷了不知多少奇異怪事，可是發生在紅綾身上的事，越來越是古怪，越來越使我們難以理解，所以也格外令我們心驚肉跳。

像現在，她雙手夾住了從陰間來的兩件寶物，究竟發生了甚麼事，我們連作出一個設想，也在所不能！

一時之間，所有人的視線，集中在紅綾的身上，客廳之中，靜到了極點。

在寂靜之中，忽然有一陣聽來很詭異的「格格」聲傳來，各人又有緊張的神色。等到弄清楚了那聲響，是小郭把微彎的身子挺直時，由他的骨節所發出來時，各人都有啼笑皆非之感。

白素搶到了紅綾的身邊，伸手想去握她的手，可是紅綾卻立刻側身子，避了開去，不讓白素碰她。白素失聲道：「孩子——」

紅綾以極快的語氣道：「媽，別理我！」

白素又疾聲問：「你感到了甚麼？」

白素的這一問，問得極好——她已肯定，從陰間來的「寶物」，已和紅綾的腦部活動發生了作用，所以她才會這樣問的。

紅綾搖着頭，神情嚴肅之極，說的話仍是那一句：「媽，別理我！」

我在一旁，又是着急，又是生氣，大聲道：「紅綾，這不像話！」

紅綾向我望來，父女之間，憑眼神也可以溝通，一和她的目光接觸，我就感到她正面臨一件重大的事，這事，需要她全部腦力活動去解決，所以，她暫

時不能回答我們的任何問題。

而在她的眼神之中，我也看出，她面臨的事，雖然嚴重，但是對她並不構成危險。

我吸了一口氣，向白素道：「由得她去！」

在我說出了道四個字的同時，白老大和我不約而同，也道：「由得她去！」

白素嘆了一聲，退到了我的身邊，紅綾在這時，仍然雙手緊夾着那盒子，卻轉過身，向樓梯上走去。

這時，反應強烈的是花五，他急叫：「小姑娘，你有甚麼發現？」

另一個是曹金福，臉漲得通紅，想問甚麼，卻又不知如何開口才好。

我忙道：「放心，紅綾不論有甚麼發現，一定會讓所有人知道的！」

曹金福結結巴巴道：「實在是因為和我血海深仇有關，唉！剛才，那力道好大！」

剛才，在那環上，發出巨大無比的力量，要離開紅綾的掌握，向前飛去，合曹金福之力，紅綾的身子才能不被扯向前，但終於把握不住，那環脫手飛出，經過的情景，驚心動魄之至。

當時只顧心驚，根本沒有時間細想，這時被曹金福一說，我才陡然想起一個奇怪，而且極不合理的現象來。

那環會被一股大力所吸扯，飛向盒子，可以說是盒子對環發出了極大的吸引力。可是兩個物體之間產生吸力，必然應該是互相的。

也就是說，盒對環有巨大的扯引吸力，環對盒也一樣，看哪一方面固定的力量大而決定物體行動的去向。

那環受到了這樣巨大的拉力，何以那盒子竟然在地上一動不動？

並沒有甚麼人按着那隻盒子不讓它動，為甚麼只是環飛向盒子，而不是盒子飛向環？

這現象豈不是古怪之至？

我想到這裡，剛把手向地上指了一指，還沒有開口，白老大已然道：「盒子和環，是子、母關係，盒是『母』，環是『子』。」

所謂「子母關係」，就是主要和附屬的關係——那環是盒子的一部分，所以只是環飛向盒，而不是盒投向環。

白老大的說法，聽來雖然很玄，但在場的全是明白人，自然知道，在許多傳說的「神仙法寶」之中，都有這種類似的從屬關係。

白老大說了這一句話之後，苦笑道：「再進一步，是甚麼樣的子母關係，有甚麼作用，我全說不出來！」

在紅綾上樓時，白素跟了上去，她立刻又下來，神情疑惑：「她進了自己的房間，像是在打坐！」

我飛快地掠了上去，曹金福跟在我的後面。我發現他雖然個子大，可是行動之間，卻很是輕巧靈活。我們來到了紅綾的房門口，向內看去。

只見紅綾盤腿而坐，半閉着眼睛，一副全神貫注的樣子，雙手仍然夾着那

隻裝有催命環的盒子。

我不知道紅綾在做甚麼，但是這時，不適宜去打擾她，卻顯而易見。所以我看了一會，輕輕地把門拉上——我知道一有結果，紅綾會立刻向我們報告的。

回到了樓下，各人正在七嘴八舌討論，溫寶裕平日好作驚人之言，但這時，他的分析，倒和我意見一致：「那環裝進了盒子之後，一定可以起奇妙的作用——單是環，可以把人的靈魂奪走，單是盒，也有這個功能，兩者合一，當然更加奇妙，紅綾此刻，一定正在接受來自陰間的訊息，正在和陰間的力量作溝通！」

曹金福和溫寶裕的作風截然不同，可是他對溫寶裕也十分佩服，他急着問：「是不是紅綾姑娘可以和陰間通消息了？」

溫寶裕大胆假設：「我看是這樣，當然詳細的情形，要問她才知道。」

我不由自主搖了搖頭，「和陰間通消息」，聽來像是無稽之極。但是有陰

間雙寶在手，誰又能說沒有這個可能呢？紅綾的遭遇奇特無比，她既然可以有接收外星人一切知識的機緣，又為甚麼不可以再和陰間有聯絡——根據我的假設，陰間，正是外來力量所形成的另類空間，我和白素都曾去過的！

曹金福很是興奮，因為這一來，對他的「報仇大業」來說，又多了一分指望。

花五卻有些失魂落魄，喃喃地道：「早知雙寶合一，會有那樣的功能，我早向三阿姐要了那環來！」

白老大冷笑一聲：「會發生甚麼事，現在還不知道，你先別眼紅！」

花五一聽，陡然打了一個寒戰，我被他的舉動，嚇了一跳，心想，他就是不敢冒險再試靈魂出竅，所以才會有了寶盒那麼久，一點用處也沒有的。

如今紅綾雙手夾緊了那隻盒子，會不會也使她靈魂出竅，歸不了位？

一想到這裡，我又抬頭向上看去，卻正好看到紅綾自房中走了出來，神情很是安詳，她走了幾步，一聳身，已自樓上飛躍而下，人還沒有站定，就大聲

道：「媽媽爸爸，媽媽，爸爸——」

她這樣的叫法，已是古怪得很，第一個「媽媽爸爸」是叫白老大，第二個才是分開來的「媽媽」、「爸爸」，可是在古怪的稱呼之後，接下來的話，更是石破天驚，出人意表之至！

紅綾說的是：「陰間要請我去，要我去當陰間使者。」

這句話，連我、白老大和白素在內，聽了之後，也要想上一想，才能明白。

我想，我明白得最後——陰間使者，那是替陰間工作的一個身分，大美人李宣宣就是這個身分，好色如命的陰差，也是這個身分（他恰好姓陰）。

（八）有緣人接受訊息

陰差和李宣宣，是怎樣獲得「陰間使者」這個身分的，一直是謎，怎麼想也想不出所以然來。

如今，這個身分輪到了紅綾身上，或者說，陰間的力量，不知通過了甚麼方式，邀請紅綾去當這陰間使者。

當陰間使者，是一個甚麼樣的情形，我所知也少之又少，相當於一片空白。

以我曾見過，且曾和白素十分投契的李宣宣來說，她這個陰間使者，似乎並不可怕，利用「許願寶鏡」的功能，可以自在來去陰間（陰差也一樣），她在陰間做甚麼事，全不可測，但在陽世，卻與人無異，而且，白素一再說，她不是鬼，是人！

如果紅綾當了陰間使者，那麼，她當然也不是鬼，是不折不扣的人。

可是，人又怎能長期在陰間「工作」呢？「工作」的範圍和性質，又是甚麼？

聽紅綾說來如此自然，像是普通有人請她去工作一樣，可是實際上，事情的神秘莫測，怪異不可思議，真是至於極點！

我自詡一生，幾乎甚麼怪事都經歷過了，可是這時，也不禁目定口呆，說不出話來！

我和白素，是紅綾的父母，在聽得紅綾這樣宣佈之後，自然震驚（白素的感受和我一樣），就算是別人，也都驚訝莫名。

主要的驚訝，自然是出於無知——究竟那是怎麼一回事，人人都一無所知。

都只知道事情和陰間有關，就算都接受了我對陰間的解釋，那仍然是虛無飄渺之極的一個模糊概念而已。

而且，陰間又必然和生命的一個歷程死亡有關。人對死亡這種在生命歷程

中必然會發生的現象，都懷有一種異樣的恐懼，自古以來皆然。

座中有老人，像祖天開，已享有百歲高齡了，像白老大，也早已過了古稀之年，但是一樣對死亡懷有莫名的大恐懼。

形成這種恐懼的主要原因，也是無知——人對於死亡之後的情形如何，一無所知。

正由於一無所知，所以才產生恐懼——人處在陌生的環境之中，容易產生恐懼感，死亡之後會怎麼樣，太無知，太不可測了，所以恐懼感在人的感覺中也屬於頂級。

而紅綾竟把如此神秘、如此牽涉到人類有史以來心理上最大的恐懼，如此輕描淡寫，若無其事地說出來，怎不令人震驚？

人人心中都有很多疑問，可是卻不知從何問起才好。靜默維持了足有一分鐘之久，白素才問了一個聽來很是可笑，但是卻沒有人笑得出來的問題：「你答應了沒有？」

紅綾倒並不覺得這問題好笑，她很是認真，先吸了一口氣，才道：「我還沒有決定，又想去，又不想去。」

花五在這時，陡然叫了起來：「你不去，我去！我去！我去！」

他連叫了三聲「我去」，叫到後來，不由自主，喘起氣來，可知他的心中是如何急切。

紅綾向花五望去，她待人誠懇，雖然花五為人卑鄙討厭，但紅綾卻並沒有輕視他的意思，她「啊」地一聲：「你有興趣，不妨試一試。」

花五興奮得胖臉通紅：「怎麼試？」

紅綾從樓上下來的時候，手中一直拿着那盒子——應該是極重的盒子，但是她卻只是隨隨便便，拿在手中。這時，她把那盒子放在桌上：「你雙手手心，緊貼着它，就會有感應。」

剛才，大家都見過紅綾用雙手夾住那盒子的情形，也都推測，她正通過手心緊貼盒子的兩面，正和不可測的陰間作溝通。這時，她又這樣說，可知那盒

子真有和陰間溝通的功能！

這是何等吸引人的事，令得每一個人，都心癢難熬，溫寶裕甚至不由自主，發出了「啊」地一聲，已經向那盒子，伸出了手去。

但是他手才伸了一半，卻又縮了回來，有點不好意思地道：「花先生先試，我們大家輪着來，我排第二。」

能和陰間溝通，雖然不知是甚麼樣的溝通，但那總是極奇妙的經歷，誰都想試一試，溫寶裕好奇心強，自然希望有這樣的經歷。

花五唯恐再有人和他搶，急急叫了一聲：「我先來！」

他説着，一伸手，就去抓那盒子，可是一下子卻未能把它抓起來。

花五呆了一呆，一隻扁平的盒子，又那麼重，要一下子就抓起來，確然不是太容易的事。他吸了一口氣，雙手齊出。

可是，仍然未能把盒子取起來。

花五伸手在自己的頭上用力拍了一下，他去推那盒子，用意很明顯，把盒

子推到桌子的邊緣，讓盒子的一小半移出桌面，那麼，要取起它來，就容易得多了。

可是他雙手用力一推之下，那盒子，竟然紋絲不動！

這一來，不單是花五，連旁觀者也大是驚訝——那盒子再重，以花五的力量，也斷然沒有推它不動之理！

當花五雙手齊出，也未能把那盒子取起來時，我想到的是，桌面是玻璃的，盒子的表面十分平滑，那就可能造成一種現象——在盒面和桌面之間，沒有空氣，那麼，大氣壓力加上盒子本身的重量，就可以使得花五取不起盒子來。

可是在這種現象之下，推盒子在桌面上滑動，卻應該是輕而易舉的事，何以花五也難以做得到呢？

花五看來在一再發力，但是那盒子像是生了根一樣，一動也不動。在經過了努力而沒有用之後，花五竟然向紅綾怒目而視——他的用意很明顯，是以為

紅綾做了甚麼手腳，好以才會有這樣的情形出現！

紅綾還沒有反應，我已勃然大怒，斥道：「你可別小人之心！」

花五雙手一縮：「那是為了甚麼？」

紅綾大是驚異：「我也不知道，我還感到環進了盒子後，分量反倒比以前輕了許多，正在奇怪哩！」

紅綾的話，令時各人都呆了一呆，因為這話，實在是不合邏輯之至。

那盒子極重，約有十公斤，環也極重，約有五公斤，兩者相加（環裝進了盒中的凹痕中），當然應該重十五公斤左右，斷無反而輕了之理。

可是一時之間，竟然沒有人反駁紅綾的話，連溫寶裕那麼喜歡表示相反意見的人，都沒有說甚麼。那自然是由於眼前的情景，所發生的事，越來越怪異，越來越震撼人心之故。

在那樣的氣氛之下，人人都感到，真的沒有甚麼事是不可以發生的！

紅綾一面說，一面伸手出去，一下子就把那盒子取了起來，她拿着盒子，

望向花五，花五急叫：「給我！」

紅綾就把盒子遞給了花五，花五伸手接了過來，就看到他的手向下一沉，他連忙再加上一隻手，可是竟然一樣捧不住那盒子，盒子自他的手中，跌了下來，落到了地上。

這情形已經夠怪的了，更怪的是，盒子落地，發出的聲響並不大，而且，看那勢子，也不像是很重的物體墮地，和一隻普通的金屬煙盒跌在地上一樣！

盒子雖然脫手，可是花五仍然不由自主喘着氣，向後跌退了半步，可知剛才盒子在他手中之時，實是沉重之極，遠超他的體力所能負擔！

這一來，連紅綾也現出大惑不解的神情，向我望來。我不禁暗叫了一聲慚愧，紅綾顯然想求教於我，但是我卻一無所知——紅綾所知，肯定比我更多，她自然而然向我望來，只是基於女兒對父親的崇仰而已！

這時，人人盯着那盒子看，直把它當作了怪物一樣，不明白剛才親眼所見的現象是怎麼一回事。

就在此際，白老大忽然縱聲大笑：「老五，你和它沒有緣！」

花五喘着氣：「你是說——」

白老大指着那盒：「這寶物是活的，有靈性，你和它沒緣，根本拿它不起！」

白老大這話，真是玄之極矣——那盒如果真像傳說中的寶物，那麼具有靈性，也正是寶物的特性，那盒子真有這樣的靈性？

花五漲紅了臉：「我不信！」

白老大作了一個手勢：「只管再試，可是要小心，惹惱了它，你可能會吃虧！」

白老大這話更玄了，簡直把那盒子當成活物了！

花五不出聲，俯身下去。那盒子落在地毯上，照說，就算有一百斤重，花五一用力，也把它取起來了。可是眼看他雙手緊抓住了盒子，咬牙吸氣，挺腰發力，硬是不能挪動分毫，彷彿在地毯之上的，並不是一隻小小的盒子，而是

一副千斤重擔！

這種情景，真是詭異之至，我不由自主搖着頭——一個物體，是多重就是多重，又不是忽然到了引力不同的另一個星體，怎麼會有這種不可思議的事發生！

這時，滿臉疑惑之色的，當然不止是我一個人，我只覺得腦際「嗡嗡」作響，也不知道循甚麼途徑去設想這麼怪異的情形。

就在這時，忽然聽得紅綾「哈哈」一笑，大聲道：「我明白了！」她是向着白老大這樣叫的，白老大神情嘉許，作了一個手勢，鼓勵她說下去。

紅綾指着那盒子：「它有和腦部活動產生聯繫的力量，能影響腦部活動，它若是令腦部活動感到它沉重無比，自然再也取不起，若是使你覺得它輕，自然一下子就可以把它取起來！」

白老大笑：「說得對，這就是有緣無緣了！」

他說到這裡，抬起頭來，對各人道：「它願意讓人取起它，就取得起，它不願意，就絕不能動它分毫！」

說實話，當時白老大和紅綾的話，說得雖然明白，但我還不是十分明白。事後，我和白素討論，白素道：「一切自然全是腦部活動在作怪，你忘記了，干擾腦部活動，可以使人看不見自己——又可以使人看到根本不存在的東西和現象！」

我為自己辯護：「可是能使物體一下子輕，一下子重，這也難以想像！」白素破例譏嘲我：「難怪小寶感嘆『衞斯理老了』——不是物體忽輕忽重，而是腦中感到那物重得絕拿不起，自然就拿不起了！」

我作了一個怪臉，沒有再爭辯下去。

當時，花五神情難看之至，溫寶裕大聲道：「等我來試試！」

他兩步跨向前，可是用盡了氣力，也取不起那盒子來。紅綾拍手笑：「小寶，陰間不要你去，怕你去了搗蛋，再無寧日！」

溫寶裕「呸」地一聲：「我還不想去呢！」

我心中一動，問紅綾：「是不是能和陰間溝通的，才取得起這盒子？」

紅綾道：「我也不知道，只是剛才，那環才一飛過去，盒蓋合上時，我就感到，如果雙手手心，緊貼盒子兩面，就能得到一些訊息。」

我再問：「有聲音告訴你？你感到有人向你傳達了這個訊息？」

紅綾想了一會：「我説不上來，只是感到可以這樣做，就做了！」

白素沉聲道：「自然是有某種訊號進入了她腦部的結果！」

我沒有再問下去，因為在過往的經歷中，我也有過同樣的情形：不是「聽到」有人説話，而是「感到」有人説話。

紅綾的雙手，夾緊了那盒子之後，她又獲得了甚麼訊息呢？

我沒有問出來，只是望向紅綾，她並沒有回答，神情很是惘然。白素低聲道：「她自己也不知道發生了甚麼！」

紅綾忙道：「不，我知道，可是……請讓我整理一下，先弄清楚了，再告

訴你們！」

我連聲道：「慢慢來！慢慢來！」

我想，不久之前，她還是一個女野人，而如今，遭遇如此之奇，那麼多新奇的事，都需要經過腦部活動的「消化」，不是一吞下去就可以明白的。她這時正在努力，這一點大家都可以理解。

溫寶裕拿不起盒子來，祖天開一聲苦笑，雖然他老得叫人感到衰弱，但是那一下長笑，還是很有氣派，他雙手發力，也未能拿起那盒子來。他自嘲道：「真想不到，快死的人了，還和陰間無緣！」

白老大一伸手，他仍然坐着，並不離座，只伸一隻手去取盒子——他這樣做是對的，要是取得起，一隻手就夠了，取不起，兩隻手也沒有用。

看得出，他在暗中很用了些力，但盒子一樣不動，白素踏前一步，在白老大一縮回手來時，她去搬了一搬，隨即搖頭，向我望來。

其餘人爭着去試，我卻在這時，集中注意力，使我的腦部活動，只環繞着

一點，只想一件事：我能搬得動它，我能！我一定能！

這種集中精神的自我催眠，不但可以使人充滿信心，而且也確能實際上，產生很巨大的力量。

同時，我也盯着那盒子看，不斷告訴自己：我可以取起它！

然後，在各人都失敗之後，我穩穩地一步，跨向前去，蹲下身子，完全把那小小的一隻盒子，當作了最難對付的對手。

我想，我已有了充份的思想準備，在這種情形上，盒子就算能影響我的腦部活動，影響力也必然減低到最低程度，而且，我已沒有任何感覺，感到自己的腦部活動，正受到干擾。

我也不理會別人，吸一口氣，雙手齊出，十指抓住了盒子，一發力，向上一提。

可是，信心和我發出的氣力，一點作用也沒有，那隻不起眼的小盒，竟然一動也不動，我再試，三試，結果仍是一樣。

白素伸手，在我肩頭上輕拍了一下，我只好放棄，但仍然極不服氣地盯着那盒子看，過了一會，我才道：「看來只有紅綾一個人才和陰間有緣了！」

白素道：「金福還未曾試過！」

曹金福不好與人爭先，雖然他不是不想試，但一直沒有動手。這時白素一說，他雙手搓着，粗聲道：「好傢伙，我就不信它有多重！」

曹金福力大無窮，這一點毫無疑問。我正想告訴他，那不是用力的事，而是那盒子是不是肯給你取起來的事。它要是「不肯」，只怕搬一座起重機來，還是不能把它挪動分毫。

不過，我的話還未出口，曹金福已然出手，只見他揚起了一雙蒲扇也似的大手，伸向那盒子，同時，看到他含胸拔背，全身蓄滿了勁力，連小臂上，也有條理分明的肌肉墳起，壯觀之至。

若說世上能有十個人可以有這樣的勁力，曹金福毫無疑問，會在首三名之列。

接着，他大喝一聲，力道發出，在耳朵被他的大喝聲震得「嗡嗡」作響之際，腦中所有有關大力士的記憶，一起湧了上來，想起來，當年霸王舉鼎，魯智深倒拔垂楊柳，武松高高拋起大石，裴元慶勇托千斤閘，氣概也無非是如此而已！

而接下來所發生的事，卻叫人感到意外之至——隨着那一聲大喝，曹金福的雙臂，向上一抬，那一抬，當真可以把千斤以上的重物抬起來。然而料不到的是，那盒子在那一剎間，竟然變成了一點重量也沒有！

本來，他只要手指輕拈，就可以取起來的物體，曹金福卻發了千斤巨力去抬。結果是他發出的力量，全無着落，一起作用在他自己的身上。

只見他先是一個踉蹌，身子後仰，站立不穩，雙手抓住了那盒子，一個倒栽筋斗，翻了出去。

一個筋斗之後，並未能止住勢子，又連翻了三個，撞得客廳中的陳設傢俬，稀裡嘩啦，倒的倒，碎的碎，像是遭到了一大羣野牛的衝撞。

三個筋斗之後曹金福一起身，居然站立了起來，神情迷惘之至，顯然在那一剎間，他全然難以了解發生了甚麼意外！

他雖然站了起來，可是後退之勢仍然未止，他再跌退了一步，背部重重地撞在牆上，不但發出了「蓬」地一聲巨響，而且絕不誇張，整幢屋子都震動，牆上掛着的飾物，全部跌了下來。

這一下，曹金福的退勢，才算是止住了，他一個人造成的聲勢之猛烈，令得所有的人，都目定口呆，說不出話來。曹金福看到造成的破壞，張大了口，也不知說甚麼才好。

首先打破沉默的，是自廚房中衝出來的老蔡，他狂呼亂叫：「辣塊媽媽，大地震了！」

紅綾首先又笑又叫：「曹大哥，撞傷你了沒有？」

曹金福這才定過神來，舉起手中的盒子：「這玩意輕得像一條毛，我……瞧瞧我做了甚麼傻事！」

我由衷地道：「那不算甚麼，你可叫我們開了眼界！」

曹金福靦覥地笑，白老大搖頭：「這小伙，像一頭犀牛，就差鼻子上那隻角了！」

白老大用「犀牛」來形容曹金福，倒也別致——他敲門會把門敲出一個大洞，倒跌出去，使客廳如同戰場，一頭犀牛闖過來，後果至多也不過如此了！

紅綾高興之至：「曹大哥，原來除了我之外，只有你和陰間有緣！」

一聽得紅綾那樣說，各人才又想起那盒子的神奇，紅綾向曹金福走過去，曹金福大聲道：「好極，可以到陰間去把陰差找出來，碎屍萬段！」

他的「血海深仇」在他的腦中盤踞得實在太深，所以使他一提起來，就失去理性——他若是在陰間找到了陰差這個仇人，自然是陰差早已死了，自然也就沒有身體可供他「碎屍萬段」了。

紅綾來到了他的身前，道：「你用手把盒子夾在中間，一定可以和我一樣有感覺——我有點說不上來那是怎樣的情形，等你也有了同樣的經歷，我們一

起向大家說，就容易說得明白。」

曹金福聽了，立即照做，他才將盒子夾在雙手之中，就現出了訝異的神情。

接着，他就背靠着牆，在地上坐了下來，同時垂下了眼，一如打坐一般，紅綾站在他的面前，像是守護着他。

我們都知道，曹金福這時，正和「陰間」在進行溝通，那種情形，一定極其特別，不然紅綾有了經歷之後，也不會說不上究竟來，要等曹金福來一起說明了。

從紅綾的經過來看，和陰間溝通的時間，不會很久，各人都耐心等着。

花五不斷在喃喃道：「不公平！不公平！那陰間寶盒是我的！」

白老大壓着怒意：「是你偷來的！」

花五卻道：「那也是我的！」

白老大冷笑：「你很想到陰間去嗎？要不要我送你上路？」

白老大一生氣，自有威嚴，花五不由自主，打了一個寒戰，不敢再言語。

就在這時，門鈴忽然響起。

（九）帶路者出現

由於大家都在全神貫注地等曹金福和陰間溝通的結果，氣氛很是緊張，所以門鈴聲雖然不驚人，可是聽起來，也很是刺耳，人人都不想有人來打擾，可是也非開門不可。

溫寶裕打開了門，怔了一怔，我看過去，沒見到門外的是甚麼人——叫溫寶裕的身子遮住了，可是卻看到了一根極高的龍頭拐杖。

我立時向白老大望去，白老大一挺身，站了起來——一看到了那根拐杖，自然知道，那是催命三娘崔三娘到了！溫寶裕雖然沒有見過崔三娘，可是崔三娘身邊，還有一個人，卻和他大有關係，是他認識的，那就是黃老四上了身的陳安安！

溫寶裕將身一讓，崔三娘手中的拐杖，先向白老大，再向花五一指，冷惻惻道：「瞞了老兄弟，躲起來商量事，這可不對勁啊！」

她一面說，一面走了進來，對客廳中的凌亂情形，似乎一點也沒有注意，滿是皺紋的臉上，一雙眼睛，目光如電，一下子就射向靠牆而坐的曹金福身上，也立即看到了曹金福手中的盒子。

一看到了那盒子，崔三娘立時發出了「咦」地一聲。

別看她進來的時候戰巍巍地，老態龍鍾，可是這時的行動，卻捷逾獵豹，隨着「咦」的一聲，身形一閃，已到了曹金福的身前。

她的行動快，紅綾的反應也不慢，一橫身，就攔在崔三娘和曹金福之間——若不是紅綾這一攔，崔三娘只怕已一出手，把曹金福手中的盒子奪下來了！

被紅綾一阻，崔三娘陡然站定，聲音尖厲，喝道：「讓開！」

紅綾並不出聲，只是挺立在崔三娘面前。就這一下耽擱，白老大、花五，我和白素，都已有了行動，一下子全到了崔三娘的身邊。

崔三娘的拐杖，在地上重重一頓，聲音更尖：「那麼多人，想對付老婆子

一個麼？」

白老大嘆了一聲：「三阿姐，你甚麼都好，就是太小器，好猜疑，我們都是行將就木的人了，還有甚麼好爭的？值得生那麼大的氣？」

崔三娘悶哼一聲：「正因為行將就木，所以才有得好爭的，能和陰間主人打上交道，就等於永生不死！」

白老大聽得崔三娘這樣說，也不禁「嗖」地一聲，吸了一口涼氣。

幾乎自從人類開智以來，「長生不老」，「永生不死」，就是人類追求的夢想。偏偏死亡又人人難免，所以那種夢想就格外吸引人。

越是接近死亡的人，就越是嚮望「永生不死」。崔三娘忽然提了出來，白老大自然也難免心動——事實上，白老大會應邀出山，離開法國隱居之地，也就是為了事情和陰間有關，和生命的奧秘有關。

只不過他雖然有這個願望，卻並沒有像崔三娘那樣直接地說出來而已。

白老大的這種心態，我和白素都很明白，他一直豪氣干雲，不能從他的口

中説出怕死的話來。像崔三娘那樣，直截了當道出對死亡的恐懼，希望永生不死，白老大是做不出來的！

這時，白老大一時之間，沒有了言語，崔三娘手中的拐杖一横，已待向曹金福伸去。我、白素和紅綾三人一起出手，抓住了她的拐杖。

事實上，我們三人之中，任何一個人出手，都足以阻止她的進攻。三人合力，她自然更難有所行動。我道：「請放心，要是真能藉此解決生命之謎，你必然能享受到成果，現在，請別搗亂！」

陳安安在一旁，見了這等陣仗，又參不進來，正在急得團團亂轉，這時也尖着聲叫：「我也有份！」

白老大也緩過了氣來：「人人有份，可是先別亂！」

崔三娘身形一晃，退開了幾步，仍以拐杖指着曹金福：「這大個子手中的盒子，是陰二哥的，他在給我催命環時，曾給我看過。」

我心中一動：「當時，陰老二對你說甚麼話來？」

崔三娘柱杖落地，神情茫然。顯然，那對她來說，是太遙遠的記憶了。我非逼她回憶當年的事不可，因為陰老二對那盒子，那環的所知，遠比我們為多！

所以我疾聲道：「你好好想想，他當時所說的每一個字，都極重要！」

崔三娘冷笑一聲，神情又變得陰險：「何必細想，我每一個字都記得！」她說着，深深吸了一口氣：「陰二哥說，環盒合一，就能和冥主通靈！」

崔三娘口中的「冥主」，自然就是陰間主人，也就是我假設的建立了陰間的那力量。而「通靈」，當然是指訊息上的溝通。

這些，我們早已知道了——紅綾已經做過，曹金福如今正在做。所以我們並沒有甚麼特別的反應。

崔三娘以為她的話石破天驚，一定能令我們大吃一驚，我們的反應，令她發呆，一時之間說不出話來。

我道：「這我們早知道了，陰老二還說了些甚麼？」

崔三娘又乾又扁的口唇，顫動了幾下：「他還說，也不是每個人都可以和冥主通靈的。」

我點頭：「是，若是沒有緣，根本連盒子也拿不起！」

崔三娘神情黯然，過了一會，才道：「是。」

她的這種神態，使人很容易知道，當年陰老二是給她試過了的。也由此可知，是不是能和陰間溝通，決定權完全在陰間。也就是說，是陰間的力量，選擇陽間的人，當作是溝通的對象。

我這時的思緒十分亂——現在，我知道，在我們這些人之中，陰間力量選擇了紅綾和曹金福。我不知道陰間力量決定有緣與否的標準是甚麼，紅綾和曹金福倒頗有相似之處，他們正直、豪爽、有為。大美人李宣宣就和他們不同，至於那個陰差，簡直是另一種人，好色卑鄙，下流不堪，怎麼也會和陰間力量有緣呢？

我略定了定神，進一步問：「他還說了甚麼？這盒子還有甚麼功用？」

陳安安（黃老四）也跟着我，尖聲把這個問題，又問了一遍。

崔三娘搖頭，嘆了一聲：「他沒説甚麼，那時候，他對我倒真是好的，他把那環給了我，那是陰間至寶，使我報了深仇……」

崔三娘越説越是低聲，到後來，聲音細不可聞，顯然完全沉湎在往日的回憶之中了。

我向陳安安（黃老四）望去：「你想在陰間寶物中得到甚麼好處？」

黃老四的回答，乾脆之至：「還陽！」

他説得如此理直氣壯，所有聽到的人，一時之間，都感到詭異之極，我就感到了一股寒意。

還陽這件事，雖然神秘，但也不至於可怕。王大同死了，就是他的妻子李宣宣在陰間，向陰間力量請求，又讓王大同還了陽的。

（已死的人，又活轉來了。）

然而，那和黃老四的情形不同，王大同「死亡」不足二十四小時，而黃老

四已死了好多年了，他的身體早已化為塵土了！

溫寶裕首先失聲叫：「你連身體也沒有了，怎麼還陽？還是乖乖當你的小女孩吧！」

陳安安一聽，發出了一下可怕的叫聲，向溫寶裕衝了過來，目露兇光，一拳打出。

黃老四運用了陳安安的眼睛，可以發出兇狠無比，令人心寒的眼神，由此可知眼睛確是人體器官中很是奇特的一個部分。相形之下，拳頭就沒有這個功能——黃老四無法通過陳安安的拳頭，令溫寶裕受創。

溫寶裕伸手抓住了陳安安的手腕，然而，「小女孩」的那種目光，令他也感到害怕，他忙道：「好！好！算我說錯了，總有辦法的……這裡那麼多人，三個臭皮匠，等於一個諸葛亮，總可以有辦法的！」

溫寶裕不斷在安慰陳安安，可是陳安安的神情，越來越是沮喪，雙眼之中，兇燄漸斂，代之以絕望的悲哀。

這種情形，也很令人同情，我吸了一口氣：「總有辦法的——我曾通過努力，使一個唐朝的美女復活！」

陳安安眨着眼，不出聲。溫寶裕趁機道：「你父母肯讓你出來？」

陳安安悶哼一聲，向崔三娘指了一指，崔三娘的兒子是商界名人，崔三娘以老夫人的身分，帶陳安安出來，陳氏夫婦還有甚麼不放心的？只怕敲碎了他們的頭骨，也想不到事情竟會有這樣的曲折！

就在這時，聽得曹金福呼出了一口氣，他個子大，氣息也格外粗，就像是陡然之間，扯了一下大風箱一樣。各人都向他望去，崔三娘和陳安安已急不及待地問：「有甚麼發現？」

曹金福並沒有回答，他的行動也很奇怪，他不望各人，只是用詢問的目光，望定了紅綾，顯然他是在向紅綾問些甚麼，或是他心中有疑難，要紅綾代她決定。更奇怪的是，他一言未發，可是紅綾卻居然明白他的意思，正皺着眉，在很認真地思索。

在他們兩人無聲對望的過程之中，曹金福也有一些動作，他先是不經意地，把那隻盒子，隨手放到了身邊的一隻小角几上，陳安安立刻飛快地向小角几撲過去，可是還是慢了一步。

崔三娘人沒有動，一伸手，手中老長的拐杖伸將過去，拐杖上的龍頭，便壓到了那盒子上。陳安安趕到，伸手想移開拐杖，去取盒子，可是卻移不動。

崔三娘冷冷地道：「老大說過，好處人人有份，你心急哪門子！」

崔三娘說着，走了過來，一把推開了陳安安，伸手就去取那盒子。

我和白老大互望了一眼，並沒有阻止她。曹金福就在旁邊，他卻也只顧望着紅綾，連看也不看崔三娘一下。崔三娘抓住了盒子，不一會，便見她滿是皺紋的臉，漲成了紫薑色，可怕之極。

白老大這時才提醒她一句：「三阿姐，人老了，別逞強，小心用岔了氣，死不死活不活，才叫受罪！」

崔三娘悶哼一聲，縮回手來，不住喘氣，陳安安立時補了上去，雙手齊

出，當然也不能動那盒子分毫。

也就是說，在這裡的所有人中，和陰間有緣的，只有紅綾和曹金福兩人。

這時，溫寶裕首先沉不住氣，大聲問：「喂，你們兩個在打甚麼啞謎？該說話了！」

曹金福不好意思地笑了笑，轉向各人望來：「陰間主人，要我和紅綾姑娘一起到陰間去，我拿不定主意，所以想聽紅綾姑娘的意見。」

雖然曹金福所說的話，有幾成在我的意料之中，可是聽了之後，我還是吃了一驚，也就在這時，紅綾已經大聲道：「去！」

我遲了百分之一秒，叫的是：「別去！」

紅綾和曹金福都向我望來，我又重覆了一次：「別去！」

紅綾訝道：「為甚麼？爸、媽你們都去過！」

我連連搖頭：「那不同，我們去，有人帶領，也不去當甚麼陰間使者。而你們的情形太不可測了，不能去冒有那麼多未知數的險！」

紅綾揚眉：「就是因為太不可測，有太多的未知數，所以才要去冒險。」

我是因為要到陰間去的是自己女兒，關心則亂，所以反對，可是那幾個不安好心的人，像崔三娘、花五、陳安安等人，一聽得紅綾這樣説，推波助瀾，大聲叫起好來，崔三娘更是火上加油，大聲道：「小姑娘説得好，豪氣干雲，有令父大探險家之風，我一見你就把催命環給了你，沒給錯！」

我早就説過，紅綾的學識豐富，地球人之中，只怕無人能及，可是人情世故，她卻一竅不通，給幾個人一讚，滿臉紅光，興奮莫名。

白老大冷笑一聲：「三阿姐，我孫女兒到陰間去，也請你一個兒孫作陪如何？」

崔三娘倒是一個厲害腳色，不動聲色：「我倒是想，不過沒有那麼大的福份，沒有緣，哪裡去得成陰間？」

他們這幾個人，竭力想紅綾和曹金福去涉險，用意很是明顯——冒險的是別人，若是有了甚麼差錯，他們並無損失，但如果有了甚麼好處，他們卻可以

分享！

所以，我和白素，都對他們怒目而視。紅綾在這時，也有點看出我們不是很願意她去冒險，她來到白素的身邊：「我從小在苗疆，也沒有事。」

我搶着回答：「苗疆再兇險，還是人間！」

紅綾舉起手來：「照假設，陰間是由外來力量所設立的，媽媽的媽媽，就成了外來力量，外來力量就是神仙，不會對人有惡意！」

我吸了一口氣：「神仙和神仙不一樣，建立陰間的外來力量，專搜集人類的靈魂，也能致人於死，看來不能算甚麼神仙！」

花五插嘴：「冥仙，當然也是神仙！」

他提出了「冥仙」這個名詞來，倒虧他想得出。確然，傳説的神仙分類中，有大羅金仙，有天仙，有地仙，也有冥仙、鬼仙。

紅綾立即接了一句：「只要是神仙，都不會對人有甚麼惡意！」

紅綾竟然有這樣的「大胆假設」，那令我吃了一驚，剛想反駁，紅綾又已

道：「神仙就是外來力量，外來力量比地球力量進步不知多少倍，實在沒有必要靠損害地球人來得到甚麼好處。」

白素輕碰了我一下：「好，這正是衞斯理對外星人的一貫說法！」

當紅綾的話，說到一半時，我已經呆住了——正如白素所說，那是我對外星人的一貫態度。我曾一再說過，「外星人侵略地球」只是小說或電影中的情節，實際上，外星人的科學文明，遠在地球人之上，而高度的科學文明，又必須建立在高度的道德文明的基礎上，所以，我曾舉過一個例子，說明外星人不會對地球人不利。我的例子是：一個億萬豪富，絕不會覬覦乞兒瓦缽中的幾枚硬幣！

這是我一貫的想法，可是事情一和至親至愛的女身有關，我也就亂了套，反倒要紅綾來運用我的理論反駁我！

一時之間，我張大了口，說不出話來。溫寶裕替我解圍：「那陰間力量，總有點鬼氣森森，可怕得很，叫人不放心！」

紅綾笑：「覺得它可怕，就是因為對它不了解，弄明白了來龍去脈，就不可怕了！」

我和白素互望着，仍然作不了同意紅綾到陰間去的決定，我們兩人竟在這件事上如此沒有決斷，自然是由於事情和紅綾有關——我們實在不能再失去她，想起她忽然飛上了天的那一段經歷，我和白素都仍然手心發涼！

紅綾望着我們笑，她也沒再說一定要去，可是她的神情卻分明在笑我們太傻。

曹金福忽然道：「或者紅綾姑娘不必去，可是我非去不可！」

我忙問：「為甚麼？剛才你得了甚麼訊息？」

曹金福的話，聽來不可思議之至，可是他卻說得很是正經，他道：「訊息說，我的爺爺，我的父親，他們都想見我。」

這句話一出口，最吃驚的人是祖天開，他發出了一下可怕的呻吟聲，發起抖來，老大的骨架子，抖得發出「格格」的聲響。

人人都張大了口，看來有一個同樣的問題，但都沒有問出口：「你祖父和你父親都死了那麼多年，就算他們的鬼魂都在，又如何和你『相見』？」

這個問題，想必也在曹金福自己的心中，他接下來就道：「我也不知道如何和他們在陰間相會，想來，去了之後，總能知道的！」

紅綾興高采烈：「那情景一定有趣極了！」

對紅綾的說法，我完全同意——如何和自己的祖先在陰間相會，當然有趣之至，是任何人一生之中，極有價值的經歷。

溫寶裕想來也有同感，他掩耳撓腮，羨慕之至，一頓足：「真可惜，我沒有緣，去不了！」

白老大也伸手一拍大腿，雖然他沒說甚麼，但用意明顯——若是他能去，他必不會錯過這樣難得的機會，去豐富人生經歷。

我望着紅綾，不由自主搖頭：她的經歷太豐富了，才上過天，又要落地（習慣上的想法是神仙在天上，陰間在地下），豐富多姿采的生活經歷，當然

對她不會有傷害，看來我實在沒有阻止她的理由。

一想到這裡，我低嘆了一聲。白素立刻明白了我的意思，她握住紅綾的手：「到陰間去一次，是一回事，要去當陰間使者，又是另一回事！」

紅綾點頭：「我明白。」

白素又道：「不論是甚麼事，若是導致你會和父母長期分離的，都要得到父母的同意。」

紅綾很是聽話：「我一定做得到這一點——現在我對陰間一點也不了解，但是相信去了之後，一定會弄明白它的內容！」

我沒好氣：「去！去！你們怎麼去？據我所知，必須有一個能突破空間限制的儀器，才能進入，這裝了催命環的盒子，能有這個功能？」

曹金福道：「不能，但是也可以使陰間使者知道我們願意去，就會來接我們。」

曹金福說着，又把那盒子隨手取了起來，這一次，他和紅綾兩人，一人伸

一隻手，夾住了盒子，各自吸了一口氣，看神情，兩人像是許了一個願——把他們的意願，傳達了出去。

意願由腦部活動產生，化為訊號傳達出去，由陰間接收，聽來很簡單，但其中是一個甚麼樣複雜的運作過程，人類根本無從想像！

只有幾秒鐘，兩人就不約而同，抬頭向樓上望去。這時，所有人都在注視看他們，兩人一抬頭，所有人也都跟着抬頭向樓上看去。

一看之下，各人都呆住了，連泰山崩於前而色不變的白老大，也霍然起立。

其實，看到的情景，普通之至，人人看到的都一樣——一個人，一個身形窈窕的絕色美人，正自樓上，姿態優美地向下走來。

令得各人感到突兀的，是這美麗的女人的突然出現，而更令人愕然的是，見過她的人也好，沒見過她的人也好，一看到她，就都認出了她是甚麼人！

白素首先迎上去，叫：「宣宣！」

對了，她就是李宣宣，身分神秘莫測的陰間使者，為了尋找陰間寶物「許願寶鏡」來到陽世，又和王大同醫生有過一段姻緣，上次我和白素到陰間去，就是由她帶去的，這時她突然又出現，自然是為了帶紅綾和曹金福到陰間去了！

白素和李宣宣在樓梯上相遇，輕輕相擁——各人由於都看過我「從陰間來」、「到陰間去」的記述，所以她一出現，神秘而又美艷，都立刻知道了她是甚麼人。

白素挽着李宣宣款步下樓，李宣宣先和我點頭：「好久不見了！」

接着，又向小郭打招呼——當年追查她的來歷，小郭也出了不少力。

（十）請閻王

然後，李宣宣向白老大行禮：「這位一定是白老爺子了——」說着，轉向祖天開，「白老爺子身子，比祖爺壯健多了！」

祖天開很是激動，發出了一連串古怪的聲音，也不知道他想說甚麼。

自從她一出現，我就一直在打量她——這時，我當然可以知道她是人，不是鬼，因為紅綾和曹金福，也可以有她的那種奇特的身分。

她身上的衣着，看來也很普通，一條連身袴，就像尋常工人所穿的那種。腰際圍着一條相當寬的腰帶——李宣宣是一個標準的大美人，自然腿長腰細，所以那種闊腰帶圍在她的纖腰之上，也就令她看來格外婀娜多姿。

不過這條腰帶，她顯然不是用來增加美態，而是另有作用的，在腰帶上，掛着不少形狀古怪，無以名之的東西。在那麼多的東西之中，我只認出了一件，那看來類似半球體，樣子和一面古銅鏡差不多的儀器。我也知道這儀器的

功能眾多，不可思議。若是她腰間所掛的那些東西全是法寶的話，那麼，這就是陰間第一至寶。

這東西在陰間的名稱叫「西卜拉達」，多年之前，被陰差帶到陽世來，稱它為「許願寶鏡」——我喜歡後一個名稱。反正名稱對一個物件，並不重要，重要的是這個物件本身的功能。

李宣宣的突然出現，既在我的意料之中，也在我的意料之外，我的思緒，在那一剎間，變得很是亂。因為我至少知道，李宣宣的出現，是和曹金福和紅綾剛才表達了他們的意願有關，也就是說，她是來帶兩人到陰間去的——單是這一點，已足以令我感到緊張的了。

所以，我自然而然，迎了上去，李宣宣神態自然，和我握手，然後，身子一閃，在我身邊經過——我在感覺上，感到她像是飄過去的。

等我轉過身來時，李宣宣已來到了紅綾和曹金福的的面前，她一伸手，就從曹金福的手中，接過了那盒子來，我注意到，她在接過盒子之前，有一剎

間，在她美麗的臉龐上，有相當程度的緊張。

但是等到她一接過盒子之後，那種神情已消失，而代之以柔柔地一笑，接着說了一句：「幸好你們沒有打開盒子來！」

曹金福楞頭楞腦問了一句：「打開了會怎麼樣？」

這個問題倒是人人心中都想問的，因為在人類的傳說之中，因為打開盒子而形成巨大災禍的那個故事，太使人吃驚了。

可是李宣宣卻並沒有立刻回答這個問題，她先向曹金福看了一眼，略有訝異之色，接着又向紅綾看去。

紅綾就站在曹金福的身邊，我相信自從李宣宣一出現之後，她就一直在注視着。

我也可以料到，她一見李宣宣，就知道對方的身分，也一定運用了她超人的智慧，去分析、了解李宣宣神祕的身分。

只是我不知道她是不是已有了結論。

當李宣宣向紅綾望去的時候，紅綾也正直視着李宣宣，兩人的眼神都一樣，直接之極，像是都想在最短的時間之內，把對方看穿看透。可是在神情上，濃眉大眼的紅綾更直接一些，李宣宣的秀麗，使她看來，好像含蓄了幾分。然後，兩人的反應，居然也一致，一起現出驚訝的神情，而且，不約而同，發出了「咦」地一聲。

這時，李宣宣已把盒子順手往腰帶上一按，那盒子就附在腰帶上了，我留意到那腰帶上本來有一個空位，恰好可以放下那盒子，由此可知，那盒子是來自陰間的寶物，殆無疑問。

接着，紅綾和李宣宣同時伸出手來，一個手粗糙壯大，一個柔膩雪白，兩隻手握在一起——那是一個很熱烈的握手，不但握得緊，而且還自然地搖動。

白素在這時，開口介紹：「這是我女兒紅綾，在她身邊的是曹金福。」

溫寶裕不甘寂寞，大聲叫：「我叫溫寶裕！」

李宣宣略轉頭，向溫寶裕嫣然一笑——溫寶裕後來向我們說他當時的感

覺：「天地良心，她是美女，那是她的事，我對她沒有半分的意思。可是她對你淺淺一笑，那一剎間，就能叫你身心俱暢，知道了甚麼叫如沐春風，那會成為一輩子的記憶！」

溫寶裕這樣說的時候，藍絲也在，聽了之後，非但不生氣，而且還大是神往。

卻說紅綾和李宣宣，雙手相握，至少有半分鐘之久，才鬆了開來，李宣宣神情誠懇：「難怪！難怪！難怪陰主催我立刻動程！」

李宣宣出現之後，除了向我們打招呼之外，其餘所說的話，都叫人不很明白。

但是也沒有人發問，因為人人心中的疑點，實在太多，根本不知從何問起！

所以，人人的神情都迷惑得很，只有紅綾例外，她像是完全明白李宣宣的話，嘻嘻笑着，天真有趣。

李宣宣伸手指着紅綾：「你真是……真是……真是……」

她連說了三聲「真是」，也沒有說出真是甚麼，竟像是沒有適當的詞彙可以形容紅綾！

我不禁大是緊張：「她真是甚麼？」

李宣宣皺了皺眉，又很開心地想了一想，才道：「很難用一句話說得明白。」

我嘆了一聲，那是「急驚風遇上了慢郎中」之嘆：「那就請你詳細說！」

李宣宣抱歉地笑了一下：「可以這樣說，人腦中儲存的記憶，就是知識，衡量知識，有一個數值，初生嬰兒只有本能，沒有任何知識，這個數值就是零。」

李宣宣說到這裡，我已經放心，因為我已經知道她要說的是甚麼了，她絕不是說紅綾有甚麼不正常。

李宣宣接着道：「而紅綾的這個數值，我敢說在所有地球人之上，超出許

多許多，根本不是地球人所能達到的那個數字。」

紅綾咧着嘴笑：「媽媽的媽媽在給我許多知識的時候，也這樣告訴我！」

李宣宣揚了揚眉，白素壓低了聲音：「我媽媽成了外星人！」

李宣宣陡然吸了一口氣，向紅綾望去，說了一句有五個音節，誰也聽不懂的話，帶着詢問的語氣，聽來那是一個專門名詞。

我立時猜想到，李宣宣說的，是一個星體的名稱——她一聽到白素的母親成了外星人，立時就向紅綾發問，所說的，自然是那個外星的名稱了。

紅綾聽了之後，略有訝異之色，但立即點了點頭。

白素的記性極佳，她立時把李宣宣剛才所說的那五個音節，重覆了一遍，然後問：「我媽媽成了這個星的人？」

紅綾吸了一口氣：「是的，那些神仙，來自……」

她再一次重覆了那五個音節，然後向我望來，我明白她的意思：「既然你喜歡稱那些外星人為神仙，就稱那星體叫『神仙星』好了！」

我說了之後，立即向李宣宣望去：「請問，建立了陰間的，又是甚麼星？」

李宣宣氣定神閒：「照你的辦法，就稱之為『陰星』好了——名稱沒有特別的意義。」

得到了李宣宣這樣的回答，我的身子不禁一陣發熱——我一直在假設，所謂「陰間」，是由一股外來力量建立的。如今，李宣宣的話，證實了我的假設，確然有來自外星的力量，來為了對付地球人的力量，而設立了陰間！

這類來自陰星的力量，為甚麼要在地球上進行這種活動？這種活動，觸及地球人的生命奧秘——在地球人對自己的生命奧秘還一無所知的情形下，陰星力量的作為，無論從哪一個角度來看，都無法使地球感到愉快。

所以一時之間，人人都感到心情沉重，面色自然也不會好看。

李宣宣像是未曾覺察這種氣氛，她繼續着她的話題：「知識的數值越高，腦部活動所產生的能量也越強，所以，她能輕而易舉，和陰主作訊息交流，而

座各位，雖然大都是地球人之中的佼佼者，但總和她相差太遠了！」

各人對李宣宣的話都能接受，只有崔三娘和陳安安不服，各自發出了一聲冷笑，崔三娘搶先一步，向曹金福一指：「這傻大個兒，難道智力也在我們之上不成？」

李宣宣微笑：「他比你們不如，但是紅綾告訴陰主，她一個人不去陰間，有他作伴，她就會去！所以陰主給了他這個能力！」

我大是訝異：「紅綾，你是甚麼時候對……陰主說的？」

白素瞪了我一眼：「你真糊塗，還用說嗎？只要她想一想，人家就知道了！」

我的話一出口，也就知道自己問了一句蠢話──當她雙手夾着那盒子的時候，和陰間作訊息的交流，那自然是直接的思想溝通，又何用發聲？

李宣宣這樣說了，崔三娘和陳安安不再出聲，兩人的神情都古怪之至，想來他們對陰間都關心之至──陳安安想「還陽」，崔三娘且曾擁有催命環，都

和陰間有過一定程度的聯繫。

李宣宣又向紅綾道：「你答應了？」

紅綾向曹金福望去，曹金福再傻，這時也不會不明白紅綾的意思，他立時道：「我陪你去。」

李宣宣很高興：「陰主等着見你，這就走吧！」

她說得輕鬆之至，像是到對面街上去買一瓶啤酒一樣。可是事實上，卻是要到陰間去，照傳統的說法，那是幽冥人鬼殊途的異域！

一時之間，好幾個人都出聲阻止，幾個老人叫的自然而然是「且慢」，年紀不大的叫「等一等」。我一急之下，伸手拉住了紅綾，白素則拉住了李宣宣——我們都知道，李宣宣腰間的許願寶鏡，有突破空間的功能，到陰間，說去就去，我和白素，都曾有過這個經歷。而還有太多的疑問要解決，哪能就這樣叫她走了？

李宣宣知道我們的用意，忙道：「有關陰間的一切，將來你們必能在他們

兩人處知道！」

我大聲道：「不行，甚麼叫『將來』，是多久以後的『將來』？」

李宣宣呆了一呆，一時之間，答不上來。白老大聲若洪鐘：「大美人，你既然來了，少不得要叫我們多少明白一些事！」

白老大氣概非凡，李宣宣笑：「怎麼老爺子這樣叫我，我叫宣宣！」

白老大呵呵笑：「我沒叫你老大美人，已經是很客氣的了！」

李宣宣怔了一怔，才道：「老爺子真是法眼無虛！」

他們的對話，雖然有點像打啞謎，但大家都明白——李宣宣在陰間，成為陰間使者，可能已有許多年了，她的外表，和她的實際年齡當然不合襯，實際上，她可能比這裡每一個人都要老！

祖天開喃喃道：「你至少該去看一看大同！」

李宣宣在人間，曾和王大同有一段姻緣，祖天開的要求也不算過份。

我又道：「雖然要解決的事情不少，可是至多一天半天，就請陰主等一

等——他要是心急不願等，請他移駕前來，也無不可。」

我這句話，頗具石破天驚之效。別人吃驚倒也罷了，連來自陰間的李宣宣，當日祖天開把她當作了妖魔，要揮動大環金刀，把她劈成兩半時，她也未曾有半分驚恐的神情，可這時也睜大了眼睛望着我，顯然是覺得我的話，不可思議之至！

說實話，我那句話，衝口而出之後，自己也不免好一陣心跳，感到吃驚——這一切，自然是所有人，從小起就接受的觀念，已極其根深蒂固的緣故。

在傳統的觀念之中，陰間的主人，就是閻王。我剛才說請陰主前來，也無不可，那等於是要閻羅王到我家裡來！這似乎是自有這種傳說以來的創舉，從來也沒有人這樣做過，當然難免令人吃驚。

但是我隨即鎮定了下來，覺得我的話，並沒有甚麼不對——閻羅王要請我的女兒到陰間去，如果我不願意的話，反邀閻王來，有何不可？

自然，我心目中的閻王，並非傳說中的那個閻王，而是已確知是外星力量建立的一個空間，那麼，陰主（閻王），也就只是一個外星人。我是地球人，他是外星人，雖然他的智力體能，超過我萬倍，但是我們的地位，還是對等的，我自然可以請他前來！

況且，我不是第一次和外星人打交道，形狀再古怪的外星人也曾見過——第一次見到「紅人」的時候，幾乎沒嚇昏過去，也沒有甚麼大不了！

所以，當李宣宣用她美麗的大眼睛驚訝地瞪着我的時候，我挑戰地問：「怎麼？請不動他？」

李宣宣吸了一口氣，她的回答，出乎我的意料之外：「不知道，我從來沒有見過陰主。或許，紅綾邀請他，他會答應？」

李宣宣的話很不可理解——她沒有見過陰主，已有點不能想像，難道紅綾反倒可以見到那外星人？反倒有力量請這外星人現身？

大家聽了李宣宣的話，都向紅綾望去，紅綾的神態很佻皮，她一面搖頭一

面笑：「我剛才，也和爸一樣，想請他來，可是他說不能來——我也不知道『不能來』是甚麼意思。」

白老大由衷嘆服：「古今中外，敢請閻王在陽世現身的，怕只有你們父女兩人了！」

紅綾伸了伸舌頭，我嘆了一聲，向李宣宣作了個手勢，指了指她腰間的那隻盒子：「你先說若是打開了這盒子，會有甚麼結果？」

李宣宣一手按在一張沙發的背上，姿態優雅，她側頭想了一想，才道：「這盒子之中，有一隻環——」

崔三娘搶着道：「是，那本是屬於我的，催命環！」

李宣宣對於崔三娘的話，感到訝異之極，她只是「啊」地一聲，失聲道：「原來盒子被打開過了！」

我吸了一口氣，豈止被打開過，盒子和環，還分開了好多年！

李宣宣的神情更是訝異，她喃喃地唸了兩遍「催命環」，然後問：「環在

人間叫催命環，那麼盒子叫甚麼盒？」

我道：「沒有名字，因為不知道盒有甚麼功能！而那環，確能取人性命！」

這時，有兩個人最是緊張激動，一個是祖天開，一個是曹金福。

祖天開聲音發顫，顯然六十多年之前，那神秘而不可思議的一幕，仍然令他心悸，他道：「是真的，我見過，我親眼見過這盒子中的環……殺人……殺過許多……許多人……可怕……」

曹金福雙手緊握着拳，面漲得通紅，吼叫着：「被殺的全是我的親人！我的爺爺，我的伯父伯母，我的堂兄，全是我的親人！」

李宣宣雙眉緊蹙，我補充了一句：「當時使用這環殺人的那個人，自稱叫陰差，相信他是你的前任，偷了陰間寶物到陽世來胡作非為！」

曹金福又發出了一下吼叫聲：「這……陰差……現在在哪裡？」

他啞着嗓子吼叫着，雙眼之中，像是要噴出火來，樣子很是駭人。

李宣宣的反應，更是古怪之極，她並不害怕，只是驚訝，像是我們的話，每一句都在她的意料之外。

她先向曹金福作了一個「請安靜一些」的手勢，然後才道：「那個陰差，確實是我的前任。所以我可以肯定，他當年離開了陰間之後，沒有再回來過！」

李宣宣的話，令得所有的人，都靜了好一會——她說得如此肯定，那陰差自然尚在人間了！

陰差還在人間，他當然也是一個風燭殘年的老人，情形會和祖天開差不多。

曹金福的反應很正常，他大喝一聲：「好！」

接着，他又和祖天開互望了一眼，齊聲叫道：「太好了！不能讓他死得太容易了！」

我不禁抱怨：「像這種隨意可以取人性命的東西，陰主怎麼可以隨便交給

陰差這種奸人保管，由得他帶到陽世來害人？」

我的指責，可以說合情合理之至，但是李宣宣的反應，仍然是驚訝。

我再把話說了一遍，李宣宣才揮了揮手：「事情太複雜了，請聽我慢慢說，對不起，我要使用大家都聽得懂的語言，這……這……」

她遲疑了一會，才一挺胸：「這盒子和環，都具有強大的能量。環在盒中，可以由盒子取得能量，和它本身的能量結合之後，環的能量就能把人的腦能量引離人的身體——能把人的靈魂攝走！」

李宣宣的聲音再動聽，可是聽得她居然講出了這樣的話來，也無法不令人遍體生寒！

那環，竟用這樣的方法取人性命！

一時之間，人人都不出聲，曹金福把牙咬得格格直響，李宣宣略停了一停，又道：「可是，雖然那環有這樣能力，但並不殺人，仍然可以使靈魂回到身體之中！」

我感到十分混亂，失聲問了一句：「人在靈魂被環攝走之後，不是死了麼？」

李宣宣「啊」地一聲，彷彿是我說了之後，她才明白了這一點，當真豈有此理之至！

紅綾卻意外地代回答了我的問題，雖然她說來，語氣也不夠肯定，她道：「是不是看起來，那人就像是死了一樣？」

李宣宣用力點了點頭，肯定了紅綾的話。

祖天開立時啞着聲叫了起來：「不，那些人全死了！我從小幹的就是殺人放火的勾當，豈有連死人活人都分不清之理？」

崔三娘也曾使用過催命環，所以她也尖着聲道：「不是看來和死人一樣，根本死了，環一飛近，立刻死亡！」

李宣宣卻自顧自搖着頭，像是她的心中，也充滿了疑惑。崔三娘又道：「雖然全無傷痕，可是沒氣息，心不跳，那不是死了？」

她曾用催命環來報仇，自然要詳細檢查是不是真的殺死了仇人。

李宣宣嘆了一聲：「是的，沒氣息，心不跳，可是那不是死，只是看來像死了一樣——你也曾用過這個環，你對那些人怎麼樣了？」

崔三娘年事雖高，可是慓悍不減，她厲聲道：「那些人都是我家的世仇，自然揮刀把他們的頭，割了下來！」

李宣宣苦笑：「那當然是死了！」

我思緒更亂，運用我的「科學知識」：「人要是停止呼吸，三分鐘，腦部沒有氧的供應，也就會死亡！」

李宣宣向我望來，神情帶着責備：「衞先生，王大同停止了呼吸多久？他是不是活回來了？」

我震動了一下，王大同「死了」何止三分鐘，二十四小時也不止，還不是活回來了，雖然他成了瘋子，但那是另一回事。

李宣宣先說了一句：「有一些事……我不明白。那環在攝走靈魂的同時，

也對人體起保護作用，在七七四十九日之內，靈魂隨時可以回來！」

七七四十九日！

這一直是一個神秘的日子，傳說中的「還魂日」，就是七七四十九日！

（十一）並不取人性命

李宣宣又道：「而且，被靈環攝走的靈瑰，都歸陰主親自處理，只要一對陰主表示想歸體，陰主萬無不准之理，那可怪了——」

她說到這裡，望向祖天開，祖天開老了，反應有點遲鈍，不知李宣宣是甚麼意思。我提點他：「你見到的那些人，身體怎麼處理了？」

祖天開神情悲憤：「附近鄉民，以為曹家大宅中發生了可怕的瘟疫，放了一把火，連人帶屋子，一起燒成灰了！」

李宣宣再追問：「那是多久以後的事？」

祖天開呆了一呆：「我不知道，我當時就急急走了，那也是事後聽說的。」

曹金福聲如悶雷：「是第二天一早的事——我父親說的，當時，父親七歲，阻止不了百來個放火的鄉民！」

李宣宣秀眉打結：「那更令人……不解了……」

我竭力理一個頭緒出來：照李宣宣的說法是，只要身體在，被催命環攝了魂的人，都可以復生，因為他們根本沒有死，只是靈魂離開了身體。

當然，若是身體被燒成了灰，或是被砍下了頭，那自然不能再復活了。

曹家大宅中的那些人，是在第二天才被鄉民放了火的，那麼，問題的癥結，就在於靈魂到陰間去，再從陰間來，需要多少時間！

我立即把這個問題提了出來，李宣宣沉聲道：「只是一剎那間！」

我感到焦躁：「請你說具體一些，一剎那，究竟是多少時間？」

李宣宣道：「一彈指頃有六十剎那，你說是多少時間？」

我不禁陡然一怔——「剎那」本來就是極短的時間，不過我沒有想到李宣宣真會引用佛經上對於「剎那」的解釋！

《仁王護國般若經》中說：「一念中有九十剎那」。《華嚴探玄記》中說：「一彈指頃有六十剎那。」

一彈指要不了半秒鐘，那麼一剎那，就是一百二十分之一秒，李宣宣是在告訴我：靈魂被攝走到陰間，再回到身體中，只要百分之一秒時間就夠了！

也就是說，靈魂被攝的人，靈魂到陰間去打一個轉，一眨眼間，就可以回來。

也就是說，催命環只能令人在不到一秒鐘的時間內，靈魂離體，根本不能殺人！

可是，它又確曾殺人，那又是怎麼一回事呢？

別說曹家大宅中的那些人了，就算是崔三娘的仇人，靈魂一被攝走，崔三娘就算自立刻揮刀，也必然超過一秒鐘，那些人早應「復活」，又怎會聽憑崔三娘把頭割下來？

一時之間，人人都想到了這個問題，所以各人的神情，也都怪異莫名。

李宣宣緩緩搖頭：「我也想不透其中有甚麼蹊蹺。」

她再望向祖天開：「當時的情形怎麼樣？」

這個問題，聽來很簡單，可是要回答，真的不容易。因為「當時的情形」，前因後果，複雜之至，不是三言兩語說得明白的。

（「當時的情形」都記述在「陰差陽錯」這個故事中。）

我道：「還是先請崔三娘說說她利用催命環報仇的情形，照說，崔三娘出手再快，也無法在一剎那之間，把仇人的頭砍下來。」

這時，崔三娘的神情，也疑惑之極，她乾癟的口唇，一直在顫動，發出含糊不清的聲音。聽仔細一點，才聽清她是在問自己：「難道我沒有殺死他們？他們……究竟是怎麼死的？」

我提醒她：「不是教你割下頭來嗎？」

崔三娘震動了一下，抬起頭來：「催命環一出，仇人立時死亡，我向仇人吐口水，踐踏他的身體以洩恨，然後再割人頭——這其間，至少有半小時。照大美人的說法，仇人早該還魂了！」

我的語調也十分遲疑：「你的仇人當然仍可以算是叫你殺死的，因為半小

時之後，你割下了人頭，就算靈魂想回來，也回不來了，可是曹家大宅中的那些人——」

我才説到這裡，就聽到「蓬」地一聲巨響，循聲看去，只見曹金福的身子，還在搖晃，那一下聲響，是他剛才一個踉蹌，背撞在一個櫃上所發出來的。不消説，櫃中所放的東西，該倒的倒，該碎的也都碎了。

曹金福神情怔呆，臉色蒼白，像是受了重大的打擊——我知道，他確然是受了重大的打擊！因為曹家大宅中那麼多死於催命環的人，當時都沒有死。陰差放出了催命環，事實上不能殺人，而只能令人在十分之一秒的時間內，靈魂離體，那麼短的時間，甚至連身受者，也可能不知發生甚麼事，只當時忽然出了一下神而已——這種感覺，人人都有。

那些人，也沒有在半小時之後被割下頭來，而是在超過二十四小時之後，才被焚化了的。

在這二十四小時之內，每一個人都有近一百萬次「醒」過來的機會，為甚

麼他們不「醒」過來呢？

（當然，只有曹金福的祖母例外，她因為性格貞烈，是自盡的。）

這個問題，令曹金福震動，因為那牽涉到了他的「血海深仇」！

陰差用催命環殺死那麼多人，和陰差用催命環使那些人的生命暫時停頓，當然不同，在罪惡的程度上，有很大的分別。

當然，陰差見色起意，設下了這樣的圈套害人，又逼得一個貞烈女子自盡，一樣罪大，可是對曹金福來說，和他腦中，根深蒂固的那種「血海深仇」，就有了差別。他覺察到了這一點，他自懂事以來，就以報仇為人生目標，忽然之間，這個目標的重要性大打折扣，他當然會感到極度的震動！

曹金福如此失神，紅綾極關注，可是她卻不知道是為了甚麼。我提高了聲音：「金福，情形究意怎樣，你在到了陰間，見了陰主之後，必可明白，到時自有分曉！」

李宣宣也道：「是，被催命環攝走的靈魂，全由陰主親自處理！」

溫寶裕忽然怪聲叫了起來：「大事不好，如果是陰主不讓那些靈魂回身體去，那豈不是陰主成了曹大哥的仇人，這……這……」

李宣宣又是好氣，又是好笑：「陰主斷然不會那樣做，陰間的靈魂，不計其數，留那百來個作甚！」

溫寶裕苦笑：「那就當我沒說過。」

曹金福的神情略鎮定：「那陰差逼死我祖母，也罪不可恕！」

他說了之後，長長地吁了一口氣。

李宣宣手按在那盒子上：「環若離開了盒，過一個時期，攝魂的功能就會消失，要再放入盒中，功能才會恢復。所以，現在打開盒子，環就能攝魂——幸虧你們沒打開它來！」

我吞嚥了一口口水，若是剛才，紅綾或曹金福打開了盒子，現在情形如何，當真不敢想像。

我懼意未退間，忽然聽得一個小女孩的聲音道：「大美人，請你放那環出

來！」

那環能攝人魂魄，已是肯定了的事，居然還有人作這種要求，而且還是一個童稚之聲，乍一入耳，自然難免令人驚奇。

但當明白了說話的是陳安安時，大家也就了然——黃老四對陳安安的身體太不滿意了，他希望靈魂被攝走，再去找一個合適的身體。

李宣宣還沒有回答，崔三娘也厲聲道：「不行，我不能帶一個活的出來，送一個死的回去！」

陳安安怒叫了起來：「我做厭了小女孩！」

李宣宣嘆了一聲：「世上合心意的身體並不多，借屍還魂，總是不如意的居多——你也不必急在一時，看來陰主急於和紅綾會晤，必有求於她，陰間和靈魂的奧秘，紅綾此去，必大有所穫，各人有甚麼心願，只管說了出來，好請他們兩人向 陰主代求！」

陳安安立時道：「我要一個好軀殼！」

他第一個許願，我聽了忍不住笑了一下，因為他的這個願望，陰主未必有能力令他如願。

試想，所謂「軀殼」，就是人的身體，每一個身體，都有一個靈魂，誰肯讓出來？

等到這個人死了，必然是這副軀殼已殘壞不堪，不能再有生命，或因病，或因傷，或因老，要來又有甚麼用？

唯一的可能，是如陳安安這樣的情形，找一個壯年，百分之百腦部組織敗壞的男性，這是黃老四能夠實現願望的唯一途徑。

（當然另外還有一個更好的途徑，就是請勒曼醫院給他一個身體，但是我不會提出來，因為我不是很喜歡黃老四這個人。）

李宣宣望向紅綾，紅綾卻很是正經地提出了另一個出路，她道：「我一定會提出，但是你不妨老慮一個機器身體，可以持久！」

陳安安轉過身去，看來他對紅綾的提議，十分憤怒。但是她又要紅綾把願

望帶到陰間去，所以又不敢發作。

李宣宣望向祖天開，祖天開不假思索：「願陰主能使大同早日康復，聰明才智，一如往昔！」

祖天開許了這樣一個願，確然令人感動——他和王大同父親的關係親密，他愛護王大同，出自真心。

李宣宣也默然不語，紅綾又點了點頭。李宣宣再望向白老大。

白老大「哈哈」一笑：「我的願望，不說也罷，說了也沒有用！」

李宣宣道：「陰主確然不是萬能，但也極具力量，老爺子就許一個願，又有何妨？」

白老大雙臂一張，聲若洪鐘：「好，但願我到陰間之後，能成為陰間之主！」

在所有人愕然之中，只有我和白素，覺得有趣，白素莞爾，我則哈哈大笑——這才是白老大的豪情勝概！

接下來，白老大又說了一番話，那番話卻說得很是嚴肅：「人總要死，不過我在陽間，為所欲為，從來也沒有受過任何力量的羈絆，死了之後，我的靈魂，也不會到陰間去聽甚麼陰主的命令！」

他說到這裡，停了一停，向陳安安望去：「老四，你不到陰間去，寧願做孤魂野鬼，很好，很好，我死了之後，也會和你一樣！」

由於白老大說得如此認真，說的又是生死大事，所以一時之間，人人都不出聲，氣氛很是沉重。

白老大望向李宣宣，目光之中很有挑戰的意味。李宣宣笑：「自然，人各有志，老爺子怎麼樣就怎麼樣！」

白老大一揚眉：「不是人各有志，是鬼各有志！」

溫寶裕大聲附和：「對，老爺子，我做鬼，也和你一樣，和你作伴！」

白老大向溫寶裕豎了豎大拇指，又向李宣宣腰際那隻盒子一指：「這盒中的環，有攝魂之功，那是陰間至寶，我想我也沒有力量抗拒，但若是把我的靈

魂攝到了陰間去，我必然大鬧陰間，再無寧日！」

溫寶裕又湊趣：「陰間陰氣森森，哪有天日，應該是再無寧夜！」

白老大說得很是認真，我和白素互握着手，都很了解老人家的心理——人總難免一死，到了白老大這個年紀，自然必要想想死亡之後的事了。

白老大一生豪俠，經歷又多，他所想的「身後事」，當然和一般人大不相同。他想的是靈魂的出路，因為人死之後，靈魂以何種方式存在，人類一無所知，也無從想像！

這自然也是花五一通消息，說黃老四的靈魂，進入了一個小女孩的身子，他立刻就離開法國隱居生活的原因。

而當他知道了真有一個陰間，而這個陰間有一個神通廣大的陰主，代表了一種不可抗拒的力量，他的性格，絕不會甘心歸那種力量所管束——李宣宣的身分，代表了這神力量，所以他才對李宣宣表明態度。

這時，我和白素，也相當緊張。因為我們不願受任何力量管束的意願，和

白老大完全一致。若是陰主真有傳說中陰世閻王的「權力」，那是我們無法接受的事！

李宣宣的聲音柔和，她道：「老爺子誤解了，那環絕不應該用來隨便攝人靈魂——以前發生過的事，全是那個陰差的胡作非為！」

白老大悶哼一聲，沒有再說甚麼。李宣宣這才鬆了一口氣，她也不再向別人要許甚麼願了。卻見崔三娘向紅綾一拍手：「小姑娘，過來！」

紅綾答應了一聲，可是才跨出了一步，就被她的外公喝阻：「紅綾，別過去，她要把願望悄悄告訴你，就該讓她走過來！」

崔三娘「哈哈」一笑：「老大甚麼時候，小器起來了！」

白老大冷笑：「從你把那環給她，不安好心的時候，開始小器的！」

崔三娘不再言語，站起身，走向紅綾，在紅綾的身際，低語了幾句，紅綾點頭答應。

陳安安尖叫：「我要離開這鬼身體！」

花五也到了紅綾面前低語了幾句，我和白素齊聲道：「我們不想許甚麼願，生命應該聽其自然，不必靠任何力量幫助！」

小郭和溫寶裕鼓掌，那是表示同意我們的說法了！

李宣宣吸了一口氣，望向我：「我可以帶他們啟程了？」

她已經解釋了很多事，雖然還有很多疑問，例如那盒子和環怎麼會分開的。

但那都不是李宣宣所能解答的了，我已沒有理由再阻止她把紅綾和曹金福帶到陰間去。

可是我又實在不捨得，心情猶豫間，自然而然，嘆了一聲，紅綾忙道：「爸，別擔心！」

我望向她，父女二人，目光交投，我發現她的目光之中，充滿了信心。我也自然而然，鬆了一口氣，點了點頭。

李宣宣一見我點頭，就向兩人招手，兩人到了她的身邊，我在這時，陡然

想起一個問題來。

我忙道：「等一等，你肯定陰差沒有死？」

李宣宣道：「我肯定他的靈魂不在陰間！」

當李宣宣上一次那樣說的時候，每個人想到的是：「啊，作惡多端的陰差，居然還沒有死！」

除了作如是想之外，不會再有別的想法。

可是現在，我們對陰間又有了新的資料，新的理解，再聽得李宣宣那樣說，也就有了新的理解，一聽就聽出問題來了。

白老大首先向陳安安一指：「老四的靈魂也不在陰間！」

李宣宣應聲道：「是，很多很多的靈魂，不在陰間。」

她說了之後，又補充了一句：「或者應該說，不在我所屬的那個陰間——陰間，人類靈魂的去處，可能有好幾個，我也無法深知。」

溫寶裕道：「他可能活着，可能死了！」

溫寶裕的話，聽來多餘，但當時倒不是他一個有這個想法的。

我忽然想起：「李小姐當年艷名遠播，只怕也是有用意的吧！」

我並沒有輕視李宣宣的意思，只因念頭突如來，所以除了「艷名遠播」這樣現成的句子之外，也想不出別的說法。這句子其實並無貶意，可是聽來總有點礙耳。

李宣宣先是一怔，接着，神情大是嘆服：「衞先生果然了得，叫你想到了！」

我想到的是：陰差帶了陰間三寶逃走，陰主命李宣宣來追尋，李宣宣沒有理由成為大明星，那樣故意用她的美麗來招搖，自然大有目的。

目的是甚麼，以前怎麼想也想不出，一分鐘之前，才突然想到：陰差好色如命，李宣宣是想利用自己的美色，把陰差引出來！

我的一問，李宣宣的一答，立時也叫各人都明白了。曹金福聲如悶雷：

「你有將他引出來？」

李宣宣答得很快，也很認真：「沒有，雖有幾個上年紀人的人有意追求，但都不是他。」

我忙道：「人的容貌外型，可以徹底改變，你有甚麼方法可以知道一定是他？」

我在這樣說的時候，向花五望了一眼——他在偷盒子的時候，與現在相比，就完全是另一個人。

李宣宣不說她有甚麼法子，只是道：「總之，如果他出現在我的面前，我一定可以知道！」

曹金福恨恨地道：「那樣說，這賊……早死了！」

李宣宣道：「我不能肯定。」

李宣宣的美艷，天下知名，當年，陰差若是在生，一定會設法接近她的。

（後來，弄清楚了當年，陰差會遠赴湖北，去找曹普照，為的就是和他在杭州爭粉頭的那商人的一句話。那商人爭不過陰差，就說了如下的氣話：「我

看閣下也不像見過真正的美人，哼，這粉頭是還可以，可哪裡算得上是美人？真正的美人在湖北，武林大豪曹普照的續弦夫人，只怕你一見之下，會閉過氣去！有本領的，少在堂子裡和人爭，去和曹大豪爭去！」）

（陰差竟然真的為了這一番話而到湖北去的，以致生出無數事來，禍延至今，大事由小事衍化，這樁事可說是典型了。）

而李宣宣艷名遠播的那幾年，陰差居然沒有出現，當然可以說他老了，對女色不再有興趣，但是他早已死了的可能更大。

紅綾看到曹金福悻然的樣子，安慰他道：「就算他死了，鬼魂還在，你向陰主要捉鬼的法子，把他捉了來，報仇，豈不是好！」

紅綾的這番話，小孩子氣之至，但曹金福居然大聲道：「說得是，要把他——」

他說到這裡，再也說不下去，因為就算他有了捉鬼的本領，捉住了陰老二的鬼，又能把鬼怎麼樣？「碎屍萬段」是斷斷不能的了，還有甚麼可以報仇

的！

李宣宣笑：「這等見了陰主再說吧！」

她一面說，一面解下了腰際的「許願寶鏡」來，作了一個手勢，曹金福和紅綾在前走，她跟在後面，紅綾倒退着走，向各人揮着手。

我和白素緊握着手——目送女兒到陰間去，這滋味並不好受，若不是我和白素曾去過一次的話，我決不會讓紅綾去的。

（十二）看是誰來了？

眼看三個人快到樓梯頂上，眼前陡然一花，三個人已一起不見了。

溫寶裕喃喃地道：「時空轉移，奇妙之至！一下子就到了另一個空間！」

他又忽發奇想：「有一些出色的魔術家，也能造成同樣的『消失效果』，是不是他們也掌握了時空轉移的方法，或者是有甚麼儀器法寶在幫助他們？」

小郭應聲道：「當然不是，魔術家只是製造幻覺而已。」

對於那個「陰間」的探索，小郭和我是同時開始的，可是他所得甚少，所以不免惆悵。我伸手在他的肩頭上拍了幾下：「人各有緣，有許多事，是不能強求的！」

溫寶裕又提出了問題：「他們要去多久？」

這個問題，沒有人可以回答。剛才，李宣宣曾說，靈魂來回陰間，一剎那即可。他們是連身體一起去的（情形與我和白素上次去陰間一樣），是不是也

那麼快就可以回來呢？

他們在陰間，肯定可以看到上次我們看到的情景，除此之外，他們還能和「陰主」會晤——不論稱他是陰主、冥主，甚至閻王，他是建立陰間的「外來力旺」，假設他是一個外星人，對紅綾和曹金福來說，自然是一個非凡的經歷。

那需要多長的時間，也沒有人知道。

可是，所有人都沒有要離去的意思。崔三娘甚至在角落處，找了一張安樂椅，坐了下來，把她瘦弱的身子，埋進了椅子之中，閉上了眼睛，看來她準備等紅綾和曹金福出現，第一時間了解陰間的情形。

崔三娘的這種心理甚具代表性，因為那和生命的奧秘有關，而對任何人來說，也沒有甚麼比生命更重要的了——對於生命已到了尾聲的人來說，自然更焦切地希望突破。各人之中，白老大看來最瀟灑，若無其事，但是我相信他內心的焦切，一定不在崔三娘、祖天開和花五之下。

而所有的人中，最尷尬特別的，自然是陳安安了——黃老四如今的處境，比死亡好，還是比死亡更糟，當真難下斷論，用「啼笑皆非」這句成語去形容他的處境，再恰當不過。

所以，陳安安也表現得最是焦躁不安，她先是遠離各人站着，可是又想靠近別人，先在崔三娘身邊站了一陣，崔三娘連眼都不睜一下，她又來到了花五的身邊，花五卻立刻避開了他。

白老大看到了這等情形，向他招了招手，陳安安對白老大像是很忌憚，遲疑了一下，才來到了白老大的身前。白老大想了一想，很是認真地道：「老四，你是我有生以來，見過的人中最特別的了！」

陳安安苦笑：「我不是人，是鬼！」

白老大沉聲道：「這才奇絕，你明明是鬼，可是和人無疑。你如今的煩惱，是進入了一個小女孩的身子，若是你進入了一個壯漢的身子，那豈不是再世為人了，獨一無二，世上再沒有同樣的例子！」

受了白老大的鼓勵，陳安安神情略為開朗：「絕不會是獨一無二，這種情形，必然很多，只是當事人都秘而不宣，被人知道自己是鬼不是人，總不是好事！」

我在一旁，聽了這樣的對話，不禁深深地吸了一口氣：陳安安所說的情形，我也相信存在，那是很可怕的情形，在我們身邊的任何人，我們竟沒有法子知道他究竟是人還是鬼！

一想到那麼詭異的事，根本存在於生活之中，我的神情，自然不免怪異，白素首先覺察，她低聲道：「不致於那麼可怕！」

她知道我想到了甚麼，所以才這樣說。

我道：「怎麼不可怕，陳安安的父母，就不知道他們的寶貝女兒是人還是鬼！」

白素一聽，也不禁臉上變色。這時，白老大說了幾句大有哲理的話，他道：「人心難測，身邊的人，是人是鬼，本就難料，是鬼未必可怕，是人也未

必可親！」

陳安安補充：「世間，人害人的事例多，鬼害人的事例少！」

兩個飽經世故的老人，意見一致——祖天開和崔三娘，也在這時，齊聲長嘆，可見他們也有同感。

我看出溫寶裕的神情，像是想找些話來反駁，可是他顯然找不出話來！

陳安安又尖聲笑了起來：「世人多怕鬼，其實更應該怕人！他媽的，老子做人的時候，雖說不上殺人如麻，手上也有三五十條人命。如今做了鬼，反倒成了早睡早起的好寶寶！」

陳安安的話，又叫人感到可笑，也叫人感到極度的震撼，但說明了一個不可改變的事實！死在人手下的人，一定比死在鬼手下的多！

各人又靜了片刻，白老大又道：「老四，你是死過來的人，能不能說一說，死的情形是怎樣的？」

陳安安神情陰沉，並不言語。白老大嘆了聲：「我是快死的人了，很想知

道這情形。」

陳安安的聲調緩慢：「老大你學貫中西，識通陰陽，一定早已知道，何必問我？」

這時，我感到黃老四這人，很是刁惡。

關於死亡的經過情形，雖然已有許多記述，但總不如聽一個曾經死亡的人親口來講述的好！

（在許多有關死亡經歷的記述之中，死亡的情形，頗有不同。極值得注意的是，有不同宗教信仰的人，會有不同的經歷。）

（例如基督徒在死亡時見到了天使，中國佛教徒見到牛頭馬面之類。）

（這種現象，其實很容易理解——假設有許多不同的外來力量在處理人類的靈魂，那麼，個別的人，自己按照他記憶組中的知識去尋找靈魂的歸宿。）

（這更進一步說明了「陰間不止一個」說，可以成立。）

對一個已死了的人來說，對他人講一講死亡的經歷，或許會不很愉快，但

也決計不會有甚麼損失，可是黃老四卻推搪着，不肯說，這豈非可惡？

黃老四一支吾，白老大的性子何等高傲，自然再不會問，花五尖聲尖氣地道：「四哥，不見得你沒有要問我們的事！」

陳安安嘆了一聲：「實在是無從說起！」

我立刻冷冷地應了一句：「當然不是無從說起。」

陳安安再不言語，直走到屋角，面壁而立——她的這種神態，令我對她更生厭惡，一直到了若干時日之後，我才知道，他確然有難言之隱。

這時，人人都看陳安安瘦小的背影，還想聽一聽她說死亡的經歷，和靈魂是一種甚麼方式的存在，做一個孤魂野鬼是甚麼滋味——這一切，都是極之引人入勝的事，所以注意力都集中在她的身上。

而就在這時，只聽得樓上傳來了極其宏亮的「哈哈」一笑，突兀之至——雖然我一下子就認出了那是紅綾的聲音，也不禁震動了一下。

緊接着，又聽得紅綾大聲道：「大家看看，誰來了？」

她這一嚷，自然人人抬頭向上看去，只見樓梯口站着兩個人，紅綾正擺出叫人看的手勢，指着另一個人。照她說的話，那人應該是一個出乎意料之外的陌生人才是。可是在她身邊的那個人，大家一點也不陌生，那人身形如鐵塔，壯健無比，正是曹金福！

曹金福來了，有甚麼稀奇，何必大呼小叫？

紅綾先急急走下來，曹金福的神情，有點猶豫，但是也跟着走了下來。

這時，我首先聽到白素父女，一起發出了「咦」地一聲，接着，我自己也發出了「咦」地一聲。

從樓上走下來的，毫無疑問是曹金福，每踏下一步，樓梯就像是不勝負荷，發出轟然的聲響。但是我又覺得事情不對頭，覺得向下走來的，不是曹金福，而且越是接近，這種感覺，越是強烈！

曹金福的外形，沒有絲毫改變，變了的，是很難以捉摸，但是卻又可以感得到的神態，就像陳安安雖然是小女孩，可是眼神中都會流露出兇狠狡猾的神

色一樣。

曹金福的憨厚、老實、不通世務的神態沒有了，而代之以沉穩、老練，慓悍、老於世故，自然而然，有一股懾人的氣派！

我腦中一片混亂，正在思索發生了甚麼事，只見曹金福大具威勢的目光，在各人身上掃了一掃，停到了祖天開的身上。

向祖天開看去，只見他不知何時，站了起來，神情激動之極，竟然把不住在發抖，口唇顫動，喉際咯咯作響，難以出言成句。

還是曹金福先開口，他叫了一聲：「天開！」

這「天開」兩字一出口，至少白素、白老大和我，知道發生了甚麼事！

果然，祖天開口中，已迸出了兩個字來：「大哥！」

聲才出口，他老高的個子一矮，已經直挺挺地向着曹金福跪了下來。

一個將近百歲的老人，忽然向一個小夥子下跪，這本來是十分怪異的現象，可是曹金福居之安然，像是理所當然。祖天開才一下跪，就揚起右掌，

「啪」地一聲，重重一掌，摑向自己。

那一掌下手還真重，他滿是皺紋的一張老臉，右半邊立時又紅又腫，痛得他眼淚鼻涕一起湧出。可是他又疾揚起左手來，又待向自己的左臉摑去。

曹金福身形一晃，已到了他的身前，揚手格開了他的左手，又抓住了他的右腕，皺着眉。祖天開聲音嗚咽傷心，聽來令人難過：「大哥，我該死，我罪孽深重……我引狼入室，我重色輕友，害了大哥全家……」

他斷斷續續，為往事在後悔，看起來更是又老又窩囊，哪裡還有半分江湖大豪的氣概！

曹金福先是一聲長嘆，接着，「哈哈」大笑了起來，指着祖天開道：「你看看你，像甚麼樣子？你這臭皮囊，多用了幾十年，又怎麼樣？不如我早早捨棄了，何等自在，比你強多了！」

曹金福一開口叫祖天開，我們已知究竟——在這裡許多人，他只認得祖天開一個，那麼，他自然就是當年祖天開的結義兄長曹普照，也就是曹金福的祖

具體在陰間發生了甚麼事，我還不知道，但是眼前的情形，卻可以肯定，是曹普照的靈魂，進入了曹金福的身體之中！

紅綾當然是早已知道此事的，所以她才會叫大家看「是誰來了」。

這時，我擔心的是，曹普照的靈魂，進入了曹金福身體，是暫時的，還是長久的？

我立刻向紅綾望去，紅綾低聲道：「曹爺爺聽說老朋友在，一時興起，想來看看，交代了一些往事就走！」

我呼了一口氣——這時，人人都站了起來，連白老大也不例外，因為論江湖上的資歷，曹普照還在他之上！

當然，各人也都想知道曹普照想要交代的是甚麼往事，發生在他們身上的往事，可以說錯綜複雜，至於極點，他要交代些甚麼呢？

祖天開當年確然引狼入室，而且，出其不意，猝然攻擊曹普照，雖然不是罪魁禍首，也是幫兇，曹普照會不會報仇呢？

但是聽曹普照一開口，說出了這番話，聽來倒像是他慶幸自己比祖天開早死了六十多年——世上人無不貪生怕死，曹普照的話，叫人難以接受！

祖天開紅腫了半邊臉，神色惘然。

白老大一提氣，揚聲道：「曹兄，莫非陰間歲月，大是適意？」

曹普照向白老大望來，點了點頭，神很是敬佩，他側頭想了一想：「也不能這樣說，但絕不會為當年的決定後悔。」

曹普照的話，聽來有點玄，但我們對事情的來龍去脈全知道，聽得他那麼說，幾個老年人更是心癢難熬。崔三娘尖聲問：「你當年的決定是放棄還陽？」

崔三娘的語音雖然刺耳，可是她的問題，正是我們都想問的。

當年的情形是：催命環攝走了曹普照的靈魂，但根據李宣宣說，靈魂到陰間打一個來回，只是一剎那間的事，立時可以還陽，但曹家全家，都沒有復生，如今曹普照又這樣說法。

那麼，結論只有一個，駭人之極，也出人意表之至！

那結果是：當年自曹普照以下，靈魂被攝到了陰間之後，都自願留在陰間不回來，都捨棄了身體，選擇了靈魂單獨存在的那種方式——說通俗一點，就是寧願做鬼，不要做人！

一時之間，各人的目光都集中在曹金福的身上，他回望了各人一遍才開口：「我是老派人，學識也不足，就請紅綾姑娘來解釋。」

此言一出，我和白素更是大奇——那麼古怪的事，紅綾怎麼解釋得清楚？可是紅綾卻一副當仁不讓的樣子，居然先輕咳了一聲，清了一下喉嚨，我注意到，這時候，在她的身上，再也找不到半絲半毫的野人影子了。

紅綾微昂着頭：「生命的存在，有各種不同的形式，地球人和外星人的生存方式就不同，外星人和外星人之間，也不同。」

紅綾竟然從這樣由「大題目」開始，更是叫人摸不着頭腦。幸虧她很快就切入了正題：「不管是甚麼人，對於他與生俱來的生命形式，總是特別珍重、

寶愛，而視之為那是唯一的生存方式——地球人的觀念就是如此，只有極少的例外。」

崔三娘喃喃地道：「螻蟻尚且貪生，何況是人！」

紅綾吸了一口氣：「人類珍愛原來的生命形式，是個好現象，人類的進步，也端賴於此。可是事實上，生命還有另一種形式！」

陳安安只叫一聲：「做了鬼，那不能叫生命！」

陳安安自然最有資格反駁，因為他已經是一個鬼，而且，渴望變人，和曹普照以及另外許多人甘於做鬼的情形，大不相同。

這時候，我的思緒也亂到了極點，滿腦子在想着人和鬼的關係，可是又一點頭緒也沒有。其餘人可能也和我一樣，所以只有紅綾一人在侃侃而談。

紅綾揚了揚手：「人死了之後——嗯，地球人死了之後，靈魂和身體分開，鬼魂的單獨存在，那確然不能算是一種生命形式，靈魂的遊離狀態，只是一種存在，不完整，不能算是生命，像你那樣，也須附上一個身體。這種情

形，對地球人來說，並不愉快，甚至在某種程度上，還很是悲慘，這就是人戀生怕死的原因。」

紅綾的話並不很深奧，可是卻也不容易明白，陳安安立時一伸手，指向曹金福：「那麼他何以寧願做鬼，不願做人？」

紅綾微笑，像是對這個問題的答案，胸有成竹：「他和別人不同，你是怎麼死的？」

陳安安悶哼了一聲：「一不留神，中了叛徒的暗算！」

紅綾說得安祥：「不管你是傷死、病死，那是一個死亡的過程，可是曹爺爺的死，卻並沒有死亡過程——當時以為他死了，但實際上，只是他的靈魂，被那環攝走了！」

聽到這裡，我已經聽出一些名堂來了，陳安安還在問：「反正都是靈魂離體，有甚麼不同？」

紅綾舉起手來，加強語氣：「大不同了，首先，他的身體還在，你的身體

不在了。其次，那環攝了靈魂之後，立即被帶引去和陰主會晤，立即明白可以進入另一種生命形式，在百分之一秒的短時間內，就可以明白自己有機會作生命形式的轉換，開始新生命！」

各人都不出聲，因為在紅綾這樣說之前，絕無人想得到會有這樣的情形存在着。

好一會，崔三娘才顫聲道：「那種新生命……是怎樣的一種情形？」

這一次，回答這一問題的是曹普照，他道：「無憂、無苦、無病、無老、無慾、無求、無生、無死的全無境界，和神仙相仿，堪稱冥仙。」

這一番話，把我們聽得目定口呆，腦中嗡嗡直響。也就在這時，一個洪亮的聲音接上了曹普照的話：「無喜、無悲、無痛、無癢、無樂、無趣——全無境界，就是甚麼感覺也沒有！」

說這話的，卻是白老大。曹普照向白老大望去，緩緩地點了點頭：「是，就是那樣，所以有時也不免懷念原來，但現在看到天開這種情形，我也並無後

悔。」

他只是並不後悔當時的決定，那並不代表他如今很是滿足，很是快樂，因為他如今的生命形式之中，根本沒有任何人類的感覺！

白老大轉而向我：「小衛，你不應該感到奇訝，在你的經歷之中，接觸過的外星人之中，就有這種形式的存在！那是外星生命形式中很常見的一種！」

我勉力使自己思路集中，白老大的話，起了提醒的作用。我道：「是，我曾遇到過一種生命形式，全無形體，只是一束思想波！」

白素補充一句：「只是一個靈魂，看來陰主的生命形式，正是那種！」

紅綾點頭：「正是，那環能在剎那之間，攝人靈魂，陰主又使被攝出的靈魂，明白生命形式的轉變。本來，那是外來力量研究人類靈魂的儀器，若是被攝的靈魂，不願接受新形式，立刻可以復生。那環叫陰差偷攜到人間，陰差也不知道這真正的功用，只當是殺人的工具，卻不知道那是可以把人生命形式在剎那間轉變的寶物！」

曹普照有點激動：「當時，突然之間，明白了自己的生命，可以超越生老病死，可以擺脫七情六慾，進入新的境界，不論男女老少，再沒有願意在世上做個凡俗之人的了。沒有人還生，自然也沒有人知道我們的情形。」

他說到這裡，向崔三娘望去，笑着：「那些叫你『殺死』了的仇人，也超越了凡人的境界，你反倒成全了他們！」

崔三娘悶哼一聲：「我只是殺了他們，你說的話，我不懂，也不想懂！」

她說着，站了起來，向陳安安伸出手，陳安安猶豫了一下，過去牽住了她的手。崔三娘走到了門口，才轉過頭來：「我不欣羨你的冥仙境界，還是老老實實，做個地球人算了！」

陳安安欲語又止，終於長嘆一聲，被崔三娘牽着手，走了出去。

很明顯，黃老四雖然絕不喜歡目前的處境，可是他一定更不喜歡曹普照的那種「全無境界」。我向曹金福望去，只見他神色一片安詳，他道：「不是親歷那境界，很難理解，總之，我並不後悔。」

白老大沉聲道：「人各有志！」

曹普照一笑，突然轉過身去，等到他再轉回身來時，人人都可以知道，曹普照走了，曹金福回來了。

傻大個子神情焦切，一疊聲地道：「我爺爺甚麼都說了？他成仙了，他甚麼都說了？我上代全都成仙了！那個陰差不安好心，可是反倒成全了我爺爺全家！」

他有着掩不住的喜悅，我首先想到的是，他的「血海深仇」也不再存在了！

我道：「恭喜你，再也沒有大仇了！」

曹金福大大鬆了一口氣，如釋重負，抖了抖身子，開懷地笑了起來。

紅綾來到我的身旁：「爸，你真了不起，早就作了『外來力量』的假設，可不真是如此？」

我很感動，知道紅綾已到了真正了不起的階段——只有真正了不起的人，

才能稱讚他人了不起。淺薄的人，都總以為他是天下第一的！

（全文完）

勤+緣出版社書目

衞斯理科幻系列

1 電王 (三版)
2 黃金故事 (二版)
3 從陰間來 (十三版)
4 到陰間去 (十三版)
5 遊戲 (三版)
6 陰差陽錯 (十一版)
7 禍根 (十八版)
8 生死鎖 (四版)
9 陰魂不散 (十一版)
10 許願 (八版)

倪匡科幻系列

1 消失女神 (七版)
2 離魂奇遇 (六版)
3 困獸 (二版)
4 夜光 (二版)
5 神話世界 (六版)
6 妖偶 (二版)
7 四條金龍 (二版)
8 飛焰 (四版)
9 魔像 (四版)
10 鬼鐘 (四版)
11 通神 (四版)

奇幻系列

△1 轉世 余過著 (五版)
2 隔世寃 寬齋著 (三版)
△3 殘酷蜜月 余過著 (四版)
4 陰陽證 寬齋著 (四版)
△5 重返前生 余過著 (四版)
6 鬼惑 商魂布著 (二版)
7 公主墳 史國艮著 (二版)
8 追魂劫 商魂布著 (二版)
9 血誘 寬齋著 (二版)
10 血雨艷桃紅 張宇著 (四版)
11 十世仇 張宇著 (二版)
12 老床 史國艮著 (二版)
13 電話追命 商魂布著 (二版)
14 鬼太郎 寬齋著 (二版)
15 鬼日記 余無語著 (二版)
16 寡婦咒 靈子著 (一版)

*即將出版　　△見余過四人夜話系列

多情系列

1 三生石 孔昭著 （二版）
2 今夜沒有約 嚴沁 梁鳳儀等著 （二版）
3 絕對討厭的女孩 羅穎思著 （一版）
4 鬼城 賈平凹 梁鳳儀等著 （二版）
5 女兒經 程乃珊著 （一版）
6 雲水依依 夏小詩著 （一版）
7 道是無情 汪曾祺 羅芙榮 梁鳳儀等著 （一版）
8 燃燒彩虹 孔昭著 （三版）
9 魔少年 吳敬子著 （一版）

嚴沁浪漫小說系列

1 夏之迷惑 （二版）
2 無情谷 （四版）
3 也是重逢 （二版）
4 盈雪 （二版）
5 長街 （二版）
6 沉沉黑夜 （二版）
7 燈火闌珊處 （二版）
8 不死的夢 （二版）

漫畫系列

1 六韜 王宣銘著 （一版）
2 智囊 王宣銘著 （一版）

梁媽媽快樂家庭系列

1 Fit到盡 （二版）
2 辣到跳 （一版）

寫眞小說系列

1 還似無情 張寶兒著 （二版）
2 嫁後 張寶兒著 （二版）
3 撲蝶 張寶兒著 （一版）
4 回首已三生 張寶兒著 （二版）
5 塵緣 張寶兒著 （一版）

名家系列

1 冬雨 王蒙著 （一版）
2 男男女女 王安憶 張辛欣等著 （一版）
3 小人物自述 老舍著 舒乙編 （一版）
4 風過耳 劉心武著 （一版）
5 冰心九旬文選 冰心著 （一版）
6 表姐 王蒙著 （一版）

＊即將出版

實用系列

1 兩餸一湯(一) 李曾鵬展著 (五版)
2 居室風水 芳草軒著 (四版)
3 風水新講場 宋韶光著 (七版)
4 兩餸一湯(二) 李曾鵬展著 (三版)
5 家庭實用療方 李 南著 (二版)
6 家事錦囊 李陳雅賢著 (二版)
7 職業婦女三餐樂 蔡麗容著 (二版)
8 斗換星移說命運 戴添祥著 (二版)
9 法律八寶飯 毛錫强著 (三版)
10 猴年運程 蔡興華著 (二版)
11 生意經 李寶光著 (一版)
12 名厨巧手菜 陳 東著 (二版)
13 靈測玄機 阿 樂著 (三版)
14 兩餸一湯(三) 李曾鵬展著 (三版)
15 九二年加國移民指引 霍子孟著 (二版)
16 鐵板神數趣談 阿 樂著 (三版)
17 吃雞百變法 蔡麗容著 (二版)
18 清潤湯水 李 南著 (二版)
19 實用抗癌藥膳 常敏毅著 (二版)
20 法律小錦囊 毛錫强著 (二版)
21 滋補粥品 戴麗嫦著 (二版)
22 改變生命的密法 邱 彰著 (二版)
23 家事萬靈通 李陳雅賢著 (二版)
24 豆腐百變法 蔡麗容著 (二版)
25 保健素食精選 丁元義等著 王龍驤 編 (二版)
26 涼拌美食 戴麗嫦著 (二版)
27 吃蛋百變法 蔡麗容著 (二版)
28 親親孩子心 初 子著 (一版)
29 風水百答 宋韶光著 (三版)
30 瓜類百變法 蔡麗容著 (一版)
31 調味料妙用法 戴麗嫦著 (二版)

奇案系列

1 撕票 林 蔭著 (一版)
2 千里追兇 捍衛者著 (一版)

推理小說系列

1 重殺 施 雨著 (一版)

余過四人夜話系列

1 轉世 (五版)
2 殘酷蜜月 (四版)
3 重返前生 (四版)
4 偷魂 (三版)
5 枕邊魔劫 (三版)

智慧系列

1 墨趣 謝宏中著 (一版)
2 箴言精選(增訂版) 何文滙著 (一版)
3 王子復仇記 何文滙著 (一版)
4 論道德的起源 尼 采著 周 紅譯 (一版)
5 藍田日暖 蔡炎培著 (一版)
*6 藝壇藝談 徐子雄著

經濟日報叢書

1 高官厚錄 陳毓祥等訪問錄 (二版)
2 力爭上游 姜趙玉蓮著 (二版)
3 人生網絡 麥華章著 (一版)

投資企管系列

1 香港股票投資勝着 譚廣流著 (五版)
2 炒蚊股致勝術 古鎮煌編 (三版)
*3 股票入門 鄧曾瑞紛著

* 即將出版

散文系列

1. 不甘寂寞　邵國華著（二版）
2. 八方羣英　岑逸飛著（一版）
3. 廣告高興坊　潘啟迪著（一版）
4. 過眼雲烟　林　洵著（一版）
5. 兩談食性　王亭之、姚香雄著（一版）
6. 倪震的心　倪　震著（一版）
7. 你不是我最好的朋友　鄭世安、林竺霓著（一版）
8. 彷彿是昨天　黃　霑著（三版）
9. 妙不可言　朱維德著（一版）
10. 奇聞異錄　可　飛著（一版）
11. 兩重腳跡　王亭之著（一版）

梁鳳儀散文系列

1. 財來自有方（五版）
2. 誰可叮嚀（三版）
3. 再戰江湖（三版）
4. 不記當年（三版）
5. 心想事成（三版）
6. 勝者爲王（三版）
7. 一言驚醒夢中人（三版）
8. 行政秘笈（三版）

梁鳳儀財經小說系列

1. 醉紅塵（十四版）
2. 九重恩怨（十二版）
3. 花魁劫（十四版）
4. 信是有緣（十一版）
5. 鎖清秋（十版）
6. 惆悵還依舊（八版）
7. 飛越滄桑（八版）
8. 異邦紅葉夢（十版）
9. 笑春風（十版）
10. 昨夜長風（八版）
11. 誓不言悔（七版）
12. 激情三百日（七版）
13. 花幟（十三版）
14. 强人淚（八版）
15. 今晨無淚（八版）

*16 誰憐落日
*17 當時已惘然
*18 洒金箋
*19 有鳳來儀
*20 不再歸航
*21 世紀末的童話
*22 大風暴
*23 還我公平
*24 灑藍天
*25 西風逐晚霞

＊即將出版

親愛的讀者們：

希望你們會喜歡勤十緣出版社的書籍。我們努力從事出版事業，若要有理想成績，必須獲得你們的支持、指導和勉勵！

尊重讀者的意見是我們工作的宗旨，因為沒有你們的關懷，我們不可能進步。懇請你們把以下的表格填寫，剪寄：香港鰂魚涌華蘭路14號益新工業大廈18樓B座，勤十緣出版社收。

我們也會定期跟讀者保持聯絡，向你們報導有關本港暢銷書的出版情況、勤十緣出版社的新書以及聯同屈臣氏書店或香港各大書店舉辦的讀者活動。敬祝

身心愉快！

梁鳳儀

一九九二年六月一日

敬請讀者填寫以下表格（請以英文正楷填寫）
巡寄：香港鰂魚涌華蘭路14號益新工業大廈18樓B座勤十緣出版社收

姓名：＿＿＿＿＿＿＿＿＿＿＿＿
性別：＿＿＿＿＿＿ 年齡：＿＿＿＿＿＿
地址：＿＿＿＿＿＿＿＿＿＿＿＿
＿＿＿＿＿＿＿＿＿＿＿＿
電話：（公司）＿＿＿＿＿＿＿＿
（住宅）＿＿＿＿＿＿＿＿
傳真號碼：＿＿＿＿＿＿＿＿＿＿
意見：＿＿＿＿＿＿＿＿＿＿＿＿
＿＿＿＿＿＿＿＿＿＿＿＿

勤十緣出版社